Le plus doux des trophées

JENNIFER
APODACA

Le plus doux des trophées

Traduit de l'anglais (États-Unis)
par Carole Pauwels

J'AI LU

POUR elle

Si vous souhaitez être informée en avant-première
de nos parutions et tout savoir sur vos auteures préférées,
retrouvez-nous ici :

www.jailupourelle.com

Abonnez-vous à notre newsletter
et rejoignez-nous sur Facebook !

Titre original
THE BABY BARGAIN

Éditeur original
Entangled Publishing, LLC

L'auteur remercie les propriétaires des marques suivantes mentionnées dans cet ouvrage de fiction : Apple iPad, Jet Ski, Play-Doh, Skype, *Wicked Games*.

1

Le Dr Megan Young se laissa tomber sur le siège vide de la réceptionniste pour consulter son emploi du temps du lendemain. Tout le monde était parti. Il régnait dans les locaux un silence apaisant, dont elle entendait bien profiter quelques minutes avant de rentrer chez elle.

Même Max qui somnolait dans son panier à ses pieds était calme. Être vétérinaire avait entre autres avantages celui de pouvoir venir avec son chien au travail.

La porte s'ouvrit.

— Sage, Max, dit-elle tout en se levant pour contourner le bureau. Nous sommes fermés, mais si c'est une urgence…

Elle s'interrompit en découvrant qui était son visiteur tardif. Ce n'était pas une urgence vétérinaire, plutôt un problème en perspective.

— Megan, soyez intelligente et acceptez mon offre.

L'homme ne s'était naturellement embarrassé ni de la saluer ni de lui fournir une explication. Encore qu'elle n'en eût pas besoin pour deviner ce que contenait l'épaisse enveloppe blanche qu'il brandissait.

— Vous voulez dire votre pot-de-vin ? riposta-t-elle d'un ton écœuré.

Le regard bleu pâle de Nathan McCray s'étrécit.

— Vous faites la fine bouche ? Après tout l'argent que vous m'avez soutiré pour les consultations de Celtic. Ah, ça, pour embobiner mon idiote d'ex-femme, on peut dire que vous êtes très forte !

Megan prit sur elle pour ne pas exploser de colère.

— Sortez d'ici.

Elle ne permettrait à personne de douter de son intégrité professionnelle. Elle adorait les animaux et jamais elle ne duperait leurs propriétaires.

— J'étais déjà un golfeur célèbre quand vous étiez encore à l'école, se vanta McCray. J'ai fait de Raven's Cove la ville qu'elle est aujourd'hui. Il me suffit de quelques coups de téléphone pour vous détruire, vous et votre cabinet vétérinaire.

Il lui agita l'enveloppe sous le nez.

— Prenez cet argent et modifiez l'attestation que vous avez fournie pour Celtic.

Jamais.

McCray et son ex-femme se livraient une féroce bataille juridique pour la garde de leur chienne de concours, Celtic, et l'avocat de Debbie avait demandé à Megan de témoigner en sa faveur. Ce n'était pas la première fois que McCray tentait de l'influencer, mais lui offrir de l'argent était particulièrement insultant. Encore que ça ne l'étonnait pas venant d'un type comme lui.

— Vous ne méritez pas cette chienne, contrairement à Debbie qui l'adore.

— Ridicule ! Debbie se sert de vous pour me nuire. D'abord, elle vous demande d'intervenir pour retirer Celtic du circuit de concours. Et maintenant, elle refuse de l'utiliser comme reproductrice.

Megan balaya du regard la salle d'attente décorée dans des tons jaune sable et vert pâle, réputés pour apaiser les maîtres anxieux. Cela n'agit hélas pas sur elle.

Reportant son attention sur McCray, elle fit un effort pour rester calme.

— Je vous ai déjà expliqué que l'infection contractée par Celtic a provoqué une pathologie cardiaque. Une gestation pourrait être dangereuse. Peut-être même fatale.

— Cette chienne est une championne et, après tout l'argent qu'elle m'a coûté, j'ai l'intention de récupérer mon investissement.

Megan en avait assez entendu. Un animal quel qu'il soit n'était pas un investissement.

— Sortez d'ici.

McCray s'approcha d'elle, le visage menaçant. Malgré son élégant costume taillé sur mesure et ses airs de notable, il avait tout d'un voyou des bas-fonds.

— Personne ne me donne d'ordres.

Un grognement sourd jaillit de sous le comptoir d'accueil. Le visage de McCray se décomposa, son expression arrogante laissant place à la peur.

— Qu'est-ce que c'est que ça ?

— Max, au pied !

Megan tapa la main contre sa cuisse. Un berger allemand de quarante kilos contourna le bureau et s'assit à côté d'elle. Retroussant les babines, il grogna de plus belle, tandis que les poils de son cou se hérissaient. Max était adorable et facile à vivre, mais il pouvait en cas de besoin se montrer terriblement intimidant, ce qui faisait de lui le compagnon idéal.

— Je vous demande de partir, monsieur McCray.

Les yeux délavés de l'homme se posèrent sur Max avant de revenir sur elle.

— Si cet animal s'approche de moi, je fais un signalement de chien dangereux et je le fais abattre.

Sur ces mots, il tourna les talons et se rua vers la porte. À travers la vitre, Megan le vit presque courir jusqu'à sa voiture.

Elle se pencha pour caresser Max et sortit une friandise de la poche de sa blouse blanche. Le chien l'avala en une bouchée et renifla sa main pour en avoir davantage.

— Il faut être raisonnable. Tu as dépassé ta limite de friandises de la journée.

Il n'y avait cependant pas de limite à l'amour que Megan portait à son chien, et elle passa quelques minutes à le cajoler et à lui parler, y puisant un apaisement bienvenu après cette pénible rencontre avec McCray.

Mais la porte se rouvrit et Megan se redressa, redoutant le retour de McCray. Elle prit une grande inspiration pour se donner du courage, se préparant à affronter une autre confrontation, et se figea.

Ce n'était pas Nathan McCray.

C'était pire.

Elle eut l'impression de voir défiler un film au ralenti tandis que l'homme poussait la porte avec son épaule. Lorsque la lumière éclaira son visage, un flot de souvenirs l'envahit.

Adam Waters.

Elle remarqua vaguement qu'il portait un chien dans ses bras, mais c'était Adam qui dominait ses pensées. En une succession de flashs rapides fusaient dans son esprit les images de l'homme qu'elle avait rencontré au lycée et dont elle était tombée amoureuse… avant qu'il ne lui brise le cœur.

À deux reprises.

La seconde fois, il lui avait dit qu'il ne reviendrait jamais.

— Salut, Meg.

— Qu'est-ce que tu fais là ?

C'était incroyable. Adam avait toujours détesté Raven's Cove, alors qu'elle adorait cette petite ville côtière, non loin de Carmel, en Californie. Les parents d'Adam n'étant plus en vie, elle se demandait ce qui avait pu l'inciter à revenir.

Tandis qu'il s'avançait vers la salle d'attente, Megan put mieux voir le chien en sang qui gémissait dans ses bras. L'animal, à priori un jeune labrador chocolat, devait peser vingt-cinq kilos, mais Adam le portait sans effort.

— Je t'expliquerai plus tard. Pour le moment, cette chienne a besoin d'aide.

— Que s'est-il passé ?

Le regard brun doré d'Adam s'assombrit.

— Elle a été renversée par une voiture. Le conducteur ne s'est même pas arrêté.

— Suis-moi, dit-elle en se dirigeant vers la salle de soins. Pose-la sur la table.

Tout en enfilant des gants, elle ne put s'empêcher d'admirer la façon dont les muscles de ses bras et de ses épaules roulaient sous le T-shirt beige pendant qu'Adam déposait avec précaution la jeune chienne sur la table d'examen.

Pourquoi était-il revenu ? *Était-il au courant ?*

Lorsqu'il redressa son mètre quatre-vingt-huit, gardant une main sur le dos de la chienne pour l'empêcher de bouger, elle vit que le devant de son t-shirt était maculé du sang du pauvre animal.

— Il y a une vilaine déchirure ici, dit-il en désignant le flanc gauche de la chienne. Elle souffre beaucoup, Meg.

Meg. C'était le surnom qu'il lui donnait quand ils sortaient ensemble. Mais elle n'avait pas le temps de céder à la nostalgie d'un voyage dans le passé.

Retrouvant tout son professionnalisme, elle s'approcha pour examiner la profonde coupure. La chienne gémit et se débattit.

— Il n'y a plus personne, dit-elle. Je vais avoir besoin de ton aide.

— Dis-moi ce que je dois faire.

— Empêche-la de bouger et maintiens une pression sur la blessure.

Elle disposa une compresse stérile sur la plaie et Adam y appuya la paume, tout en caressant doucement de sa main libre la tête du labrador. Puis elle palpa la hanche et la patte de l'animal, cherchant les signes d'une fracture ou d'une blessure interne.

— Elle n'a pas de collier, remarqua Adam. Et elle a l'air un peu sauvage, comme si elle traînait dans la rue depuis un moment.

— Je vérifierai si elle a une puce d'identification.

Megan continua son examen. La respiration était un peu rapide, mais elle avait toutes les raisons de penser que c'était dû à la douleur et à la peur plutôt qu'à une blessure au thorax. Elle ne percevait pas de sifflement ou de gargouillement. Les gencives avaient une couleur normale, les extrémités n'étaient pas froides et il n'y avait aucune fixité du regard. À la palpation, elle ne sentait ni fracture ni dislocation.

— Je vais quand même faire une radio pour être certaine, annonça-t-elle. Tu peux l'installer dans la cabine ?

— Bien sûr.

Adam souleva la chienne, tandis que Megan maintenait une pression sur la blessure. Il suivit ses instructions à la lettre et, quelques minutes plus tard, elle glissait les clichés dans le négatoscope pour les étudier.

— Non, déclara-t-elle. Pas de fracture. Je vais lui faire une légère anesthésie et suturer la plaie.

Adam installa à nouveau la chienne sur la table d'examen, pendant que Megan préparait une seringue, dont elle injecta le contenu dans la hanche de l'animal.

Relevant la tête, elle croisa le regard d'Adam et, l'espace de quelques secondes, tout s'évanouit autour d'elle. Il n'y avait plus qu'eux deux, pas de chien blessé, pas de cœur brisé, pas de complications.

— Heureusement que tu étais encore là, remarqua-t-il.

Elle revint à la réalité. Le danger avec Adam, c'était ce magnétisme qu'il exerçait sur elle, au point qu'elle finissait par se persuader qu'il tenait vraiment à elle.

Mais après s'être brûlé les ailes par deux fois, on ne l'y reprendrait plus.

— J'ai été retenue. J'allais partir quand tu es arrivé. Je dois passer un coup de fil. Surveille-la une minute.

Elle ôta ses gants, les jeta dans la poubelle et se dirigea vers son bureau, où elle avait laissé son téléphone portable.

Sa mère répondit à la seconde sonnerie.

— Bonsoir, ma chérie. Tu vas être en retard ?

— J'ai une urgence, répondit Megan en s'avançant dans le couloir. Tu peux t'occuper de Cole un peu plus longtemps ?

— Bien sûr. À tout à l'heure.

— Merci. Dis à Cole que je l'aime.

Elle enfouit le téléphone dans la poche de sa blouse et continua à avancer vers la salle de soins. Au moment de franchir le seuil, elle stoppa net sous l'effet de la surprise.

Adam avait retiré son t-shirt, et il émanait de lui une telle impression de force virile que l'exiguïté de la pièce lui parut soudain oppressante.

Les yeux ébahis, elle ne put s'empêcher de détailler les épaules puissantes, les pectoraux saillants, les abdominaux aux reliefs sculptés comme ceux d'une statue.

Adolescent, il était déjà séduisant, mais dix années passées dans les Marines, dont plusieurs dans les Forces spéciales, en avaient fait un homme à l'allure intimidante, presque dangereuse. Un aigle tenant dans ses serres un globe traversé d'une ancre tatoué sur son biceps droit signalait son appartenance à l'*US Marine Corps*, dont les initiales USMC étaient inscrites sous le dessin. Au-dessus, on pouvait lire la devise de l'unité : *Semper Fi*, « Toujours fidèle ».

Ses cheveux bruns étaient un peu plus longs que lors de sa dernière visite à Raven's Cove. Son regard aussi était différent : l'insouciance avait cédé le pas à une gravité plus mystérieuse, et les petites rides au coin de ses paupières donnaient plus de maturité à son visage.

Autrefois, il n'était qu'un beau garçon parmi tant d'autres. Aujourd'hui, il y avait chez lui quelque chose de farouche et d'indomptable qui distillait un charme dévastateur.

Il leva les yeux. L'éclat de son regard et le demi-sourire qui laissait entrevoir ses dents très blanches lui firent penser irrésistiblement à un loup en quête d'une proie.

Le regard d'Adam dériva sur ses lèvres, réveillant le souvenir brûlant des baisers qu'ils avaient autrefois échangés. Cependant, elle n'était plus la jeune fille naïve qu'elle avait été. Elle ne se laisserait plus prendre au piège.

— Tu as dû annuler un rendez-vous romantique ? demanda-t-il d'une voix qu'elle jugea un peu tendue.

Megan se détourna pour enfiler de nouveaux gants et rassembler ses instruments de suture.

— Pourquoi as-tu enlevé ton t-shirt ?

— Je déteste la sensation du sang en train de sécher.

Du coin de l'œil, elle vit qu'il serrait les mâchoires. Cela lui rappelait-il de mauvais souvenirs ? Après dix ans passés à courir les pays en guerre, il en avait forcément gardé des traces.

— J'ai un autre t-shirt dans la voiture, précisa-t-il.

Un élan de sympathie faillit avoir raison de sa détermination à garder ses distances avec Adam. Cette sympathie avait signé sa perte trois ans plus tôt. Il était alors revenu pour les obsèques de ses parents, morts tous deux dans un accident de voiture. Bouleversée par ce drame, elle avait voulu lui apporter son soutien… et elle s'était retrouvée au lit avec lui.

Elle avait cru cette fois qu'il tenait vraiment à elle. Mais, le lendemain de l'enterrement, il lui avait dit que le devoir l'appelait et qu'il ne reviendrait plus à Raven's Cove.

Depuis, elle n'avait jamais eu de ses nouvelles, preuve qu'il n'éprouvait absolument rien pour elle.

Et voilà qu'il était de retour.

Mettant de côté son envie de savoir ce qu'il faisait en ville, elle se concentra sur la chienne, la seule créature à avoir vraiment besoin d'elle dans cette pièce.

— Qui est Cole ? Ton petit ami ?

Sa longue pratique empêcha ses mains de trembler tandis qu'elle commençait à suturer, mais la panique l'envahit en entendant ce nom jaillir des lèvres d'Adam.

— Écouter aux portes fait partie des compétences qu'on vous apprend à développer dans les Forces spéciales ?

— Il ne s'agit pas de compétences, simplement de curiosité. Tu m'as manqué, Meg.

Elle s'interrompit un instant et leva les yeux.

— Qu'est-ce que tu veux que ça me fasse ?

Reportant toute son attention sur l'animal qu'elle était occupée à soigner, elle ajouta :

— Et tu n'as pas à savoir qui est Cole. Ça ne te regarde pas.

Mais c'était tout le contraire.

Avait-elle pris la bonne décision en cachant à Adam qu'elle avait eu un enfant de lui ?

2

Adam ne pouvait détacher les yeux de Megan pendant qu'elle se lavait les mains. Au lycée, elle était timide et peu sûre d'elle. À présent, elle débordait de confiance, elle était chaleureuse, d'un contact facile… et terriblement sexy.

Mince et élancée, elle avait les yeux d'un bleu oscillant entre le gris et le vert et de longs cheveux roux dans lesquels il adorait autrefois glisser les mains quand il l'embrassait.

Il éprouvait toujours de l'attirance pour elle, inutile de chercher à le nier.

— Pourquoi es-tu revenu en ville, Adam ? demanda-t-elle alors qu'elle achevait de s'essuyer les mains dans une serviette en papier.

— Pour le travail. J'ai quitté l'armée et ouvert une agence de sécurité à Los Angeles.

— L.A. est à cinq heures de route d'ici. Tu es un peu loin de ta zone d'activité, non ?

— Pas du tout. Nous allons là où le travail nous appelle. Nathan McCray a engagé notre agence pour assurer la sécurité du tournoi de golf des célébrités.

Nathan McCray !

Décidément, rien ne lui serait épargné. Non seulement Adam refaisait irruption dans sa vie, mais en plus il travaillait pour l'homme qui avait essayé de la soudoyer.

— Et quand repars-tu ?

— Tu es pressée de te débarrasser de moi, Meg ?

Elle le toisa avec dureté.

— La dernière fois que je t'ai vu, il me semble que c'est toi qui étais pressé de prendre tes jambes à ton cou.

— Je devais réintégrer mon unité.

Certes, il aurait pu mieux gérer les choses. Le lendemain des obsèques de ses parents, il s'était réveillé blotti contre Megan, le nez dans sa chevelure délicieusement parfumée, et il avait pris peur face aux sentiments qui le submergeaient.

Il avait sauté hors du lit, appelé un taxi et s'était habillé. Megan s'était réveillée, avait demandé d'une voix ensommeillée ce qu'il faisait et il avait répondu que le devoir l'appelait.

Elle avait alors demandé quand il reviendrait, et le remords l'avait envahi.

Il avait fait preuve de faiblesse en passant la nuit avec elle. Il n'avait rien à lui offrir. Tout ce qu'il voulait, c'était tourner la page de son passé.

Il avait échoué à obtenir le pardon de ses parents et, à présent, ils n'étaient plus de ce monde.

Son métier était tout ce qu'il lui restait. Sa famille et ses idéaux avaient été détruits. Si Megan devenait trop proche de lui, il la détruirait pareillement. Aussi avait-il opté pour une rupture propre et rapide, persuadé qu'il agissait pour le bien de Megan.

S'armant de courage, il lui avait dit la vérité : jamais il ne reviendrait.

À l'évidence, elle lui en voulait toujours pour la façon dont il avait mis fin à leur relation. Et, avec le recul, il réalisait que, loin de lui avoir fait une faveur, il s'était comporté comme le dernier des goujats.

— Je suis désolé d'être parti aussi brutalement la dernière fois, dit-il en faisant un pas vers elle. Je crois que je ne t'ai même pas remerciée pour l'aide que tu m'as apportée lors des obsèques de mes parents.

— Je ne veux pas de ta gratitude.

— Tu voulais que je te fasse des promesses que je n'aurais jamais pu tenir.

Lorsqu'il s'agissait d'aller au combat, il donnait tout ce qu'il avait. Mais sur le plan émotionnel, cela faisait longtemps qu'il s'était barricadé dans le seul but de survivre.

— Je ne pouvais pas te donner ce que tu voulais. Je ne suis pas fait pour l'engagement.

— Je le sais. Il y a longtemps que je l'ai compris.

Elle détourna le regard.

— Merci pour ton aide, mais nous avons terminé. Tu peux y aller.

— Je n'ai pas envie de partir comme ça, Meg. Je voudrais que tu me pardonnes.

Il tendit la main et attrapa une mèche de ses cheveux, qu'il enroula autour de ses doigts.

— Je voudrais que nous soyons à nouveau amis.

Elle rejeta la tête en arrière.

— Je ne suis pas intéressée par ta conception de l'amitié.

Il fit glisser son index le long de la courbe de son cou, s'arrêtant dans le petit creux de peau soyeuse où palpitait son pouls.

— Je vais rester ici quelques semaines, pas uniquement pour travailler, mais aussi pour trier les affaires de mes parents et mettre la maison en vente.

La main posée sur son épaule, il s'était mis à dessiner du pouce un voluptueux mouvement de va-et-vient autour de son cou.

— Laisse-moi t'inviter à dîner. Nous pourrions refaire connaissance.

— Non, dit-elle en s'écartant pour prendre un collier et une laisse.

— Pourquoi pas ? Je sais que je me suis mal conduit, mais je te demande une nouvelle chance. À moins qu'il n'y ait quelqu'un d'autre ? Le mystérieux Cole, peut-être ?

— Tu es stupéfiant, dit-elle en secouant la tête.

— J'imagine que ce n'est pas un compliment.

— Quelle perspicacité ! Tu crois vraiment qu'il te suffit de débarquer ici pour que je te tombe dans les bras ? C'est toi qui m'as quittée, Adam, sans même me laisser un numéro de téléphone. Et maintenant, tu oses m'interroger sur ma vie ? Tu ne mérites pas que je te réponde.

Conscient qu'il méritait cette colère, Adam ne se laissa pas pour autant intimider.

— Tu as raison. En fait, je suis ici depuis quelques jours et j'hésitais à reprendre contact avec toi. Je me disais que je t'avais fait assez de mal et qu'il valait mieux que je te laisse tranquille. C'est ce qui m'a retenu chaque fois que j'ai eu envie de t'écrire une lettre ou un e-mail.

Il ne l'avait jamais oubliée et, parfois, seul son souvenir lui permettait de ne pas sombrer et de continuer à avancer. Son absence était comme une douleur profondément enfoncée dans sa chair.

— Je pensais qu'il valait mieux ne pas essayer de réparer ce qui avait été brisé. Puis j'ai vu ce pauvre chien se faire renverser et je n'ai pas pu faire autrement que de te l'amener.

— Je préfère ne pas avoir de contact avec toi. C'est mieux comme ça.

Les paroles de Megan lui faisaient mal. Mais sans doute avait-elle eu plus mal encore quand il lui avait dit qu'il ne reviendrait jamais.

Il avait fait preuve d'une telle goujaterie. Megan ne méritait pas ça, il s'en rendait compte à présent.

Mais comment réparer le tort qu'il lui avait fait ?

Maintenant qu'il l'avait revue, touchée, il avait besoin de son pardon. Certes, il ne pouvait pas lui offrir un avenir, mais…

— Il va y avoir un problème, dit-il en lui prenant la laisse des mains.

Perplexe, elle fronça les sourcils.

— Quel problème ?

Il était quasiment certain qu'elle n'avait personne dans sa vie, sinon elle le lui aurait dit. Il ne se serait pas imposé si cela avait été le cas. Il n'était pas là pour semer la zizanie.

— Il faut que quelqu'un surveille la chienne pendant sa convalescence. Je me suis installé chez mes parents, elle peut rester avec moi pour le moment. Je te la ramènerai dans quelques jours pour un bilan de santé.

— Je ne crois pas…

— Je prends la chienne, dit-il en lui coupant la parole. Je paierai pour ses soins et je lui trouverai un foyer avant de partir.

Non seulement la chienne lui tiendrait compagnie, mais elle l'aiderait aussi à gagner les bonnes grâces de Megan. Il voulait vraiment arranger les choses entre eux et faire en sorte qu'elle puisse l'appeler si elle avait besoin d'aide une fois qu'il serait parti.

Cette fois, il ne voulait laisser derrière lui que de bons souvenirs.

Assise sur le lit de son fils, Megan lui offrit le choix entre deux livres : l'un sur les camions et l'autre sur les dinosaures, ses deux autres passions après les chiens.

Tout juste sorti de la douche, il portait son pyjama préféré et serrait dans ses bras son chien en peluche.

— Les camions, décida Cole.

Elle lui sourit, le cœur gonflé de tendresse pour ce petit garçon qu'elle aimait bien plus qu'elle n'aurait cru possible d'aimer quelqu'un, puis commença à lire. Au bout de quelques minutes, il s'endormit.

Cole avait les yeux bleus comme elle, mais ses cheveux étaient bruns comme ceux de son père.

Que penserait Adam s'il découvrait son existence ? La triste vérité était qu'elle l'ignorait totalement, bien qu'elle fût sortie pendant presque deux ans avec lui au lycée. Il y avait tout un pan de sa personnalité qu'il lui avait toujours cachée. En apparence désinvolte et affable, il se refermait comme une huître dès qu'elle essayait d'en savoir plus.

La seule chose qu'elle avait pu lui faire dire, c'est qu'il était farouchement opposé à l'idée de fonder une famille.

Alors, comment réagirait-il devant Cole ? Le regarderait-il avec un amour semblable à celui qu'elle ressentait ? Ou, à l'image de son père à elle, considérerait-il l'enfant comme un fardeau indésirable ?

Ses parents avaient divorcé quand elle avait quatre ans, et elle n'avait jamais revu son père. Tout juste s'était-il contenté de quelques appels téléphoniques au fil des années. Un jour, l'école avait organisé un concours de danse père-fille, et elle avait eu envie d'y participer avec lui. Sa mère lui avait dit qu'il était trop pris par son travail, mais elle n'avait pas voulu y croire, s'imaginant même que sa mère était jalouse.

Alors elle avait appelé son père.

Elle en était encore mortifiée en y repensant. Il avait sèchement déclaré qu'il était trop occupé à gagner de l'argent pour payer la pension alimentaire d'une gamine dont il n'avait jamais voulu. Puis il avait raccroché.

Megan avait couru dans sa chambre pleurer toutes les larmes de son corps. Sa mère l'avait trouvée recroquevillée sur son lit, avait insisté pour savoir ce qui s'était passé et l'avait réconfortée. Elle lui avait dit qu'elle l'avait aimée dès l'instant où elle avait su qu'elle était enceinte et que son père était un égoïste qui ne la méritait pas.

Lorsqu'elle avait découvert qu'elle était enceinte à son tour, Megan s'était promis de ne jamais faire connaître à son enfant la douleur d'être rejeté. C'est pourquoi elle n'avait pas cherché à retrouver Adam.

Les choses étaient différentes maintenant qu'il était revenu pour quelque temps. Car à tout moment, il pouvait découvrir l'existence de Cole, et il valait sans doute mieux qu'elle la lui apprenne elle-même.

Mais avant, elle avait besoin de passer du temps avec Adam pour savoir s'il était prêt à accepter son fils. Il allait falloir finalement qu'elle reprenne contact avec lui.

3

Trois jours plus tard, Adam se réveilla d'un cauchemar où il s'était vu couvert du sang de ses amis morts.

Il avait beau tout faire pour s'en débarrasser, rien ne le faisait partir. Puis le visage de son frère lui était apparu, demandant d'un ton accusateur quand il cesserait de laisser mourir ses amis et sa famille.

Adam avait tenté d'expliquer qu'il se comportait en patriote, comme Brady l'avait souhaité, mais aucun son ne voulait sortir de sa gorge, tandis que sa peau recouverte de sang séché le démangeait. Puis il avait ouvert les yeux.

Étendu dans le noir, il essayait de calmer sa respiration haletante quand il entendit un horrible bruit de régurgitation, suivi de gémissements. Réalisant ce qui l'avait réveillé, il alluma la lampe de chevet.

Installée sur une épaisse couverture moelleuse posée par terre à proximité de son lit, la chienne, qu'il avait baptisée Ellie, était étendue sur le côté droit et respirait difficilement. Elle avait vomi.

Il se leva d'un bond puis s'accroupit à côté d'elle. Les yeux écarquillés de panique, elle se remit à gémir.

— Tout va bien, ma belle, dit-il en lui caressant la tête très doucement tandis qu'il examinait ses points de suture.

En les voyant rouges et purulents, il comprit que c'était grave. Il avait vu suffisamment de blessures pour savoir que c'était le signe d'une infection sévère. Comment avait-il pu ne pas voir qu'Ellie n'était pas bien, qu'elle souffrait ?

Sans perdre une minute de plus, il se redressa, attrapa son portable sur la table de chevet et appela le cabinet vétérinaire. Suivant les indications du message enregistré, il appuya sur la touche zéro pour signaler une urgence. Il y eut un cliquètement, puis une sonnerie commença à s'égrener.

— Dr Young.

— Megan, c'est Adam. J'ai un problème.

— Il est 1 heure du matin, répondit-elle d'une voix ensommeillée.

— C'est la chienne labrador que tu as soignée l'autre jour. Elle est malade. Elle a vomi et elle n'arrête pas de gémir. Je pense que c'est une infection, Les points sont enflammés.

— Retrouve-moi à la clinique.

Il s'habilla à la hâte, installa précautionneusement la chienne dans la voiture et roula à toute allure vers la clinique. Il arriva le premier. En attendant Megan, il essaya de réconforter Ellie en lui parlant et en la caressant, inquiet de la voir trembler de fièvre.

Dès qu'il vit la voiture de Megan s'arrêter à côté de la sienne, il enveloppa Ellie dans sa couverture qu'il avait emportée et la porta jusqu'à l'entrée de la clinique.

Vêtue d'un caleçon noir et d'un ample sweatshirt, ses longs cheveux roux tirés en queue de cheval, Megan déverrouilla la porte et la tint ouverte pour qu'il puisse passer, puis elle alluma les plafonniers. Ensemble, ils se dirigèrent vers la salle d'examen.

Adam déposa délicatement Ellie sur la table en inox pendant que Megan se lavait les mains.

— Quand as-tu remarqué qu'elle était malade ?

— Seulement cette nuit, quand je l'ai entendue vomir.

Sans un mot, Megan enfila des gants et prit la température de la chienne qui ne montra aucune résistance, comme si elle n'avait pas la force de protester.

— Ce soir, elle n'a pas mangé, précisa Adam. Mais j'ai pensé qu'elle était simplement fatiguée, sans me poser plus de questions.

Outre qu'il se sentait coupable, il redoutait aussi que Megan n'ait une mauvaise opinion de lui.

— En fait, je ne lui ai pas accordé autant d'attention que j'aurais dû, ajouta-t-il tout en caressant les oreilles soyeuses d'Ellie.

— Elle a une sévère infection, mais ce n'est pas de ta faute, Adam. Elle est maigre, dénutrie, et cela fait probablement un moment qu'elle traîne dans les rues. Son organisme n'est pas assez fort pour lutter contre une infection. Et puis les chiens cachent souvent leur douleur.

Tout en parlant, Megan avait posé une perfusion.

— Qu'est-ce qu'on peut faire pour l'aider ? demanda Adam d'un ton inquiet.

— Je l'ai mise sous antibiotiques. Je vais nettoyer la plaie. Ensuite, il n'y a plus qu'à attendre pour voir si elle arrive à se battre pour vivre. Je m'occupe de tout. Tu n'es pas obligé de rester.

— Je ne vais pas te laisser toute seule au milieu de la nuit. Je reste.

Megan hocha la tête et ôta son sweat-shirt, laissant apparaître un débardeur vert pâle qui révéla ses longs bras musclés et la courbe de ses seins.

Elle ne portait pas de soutien-gorge.

Adam eut l'impression que la température de la pièce s'était tout à coup élevée de plusieurs degrés. Ses seins étaient plus pleins que dans son souvenir.

Et il y avait souvent pensé.

Lorsqu'il était en mission dans des zones particulièrement hostiles d'Asie centrale, l'évocation de Megan l'avait souvent aidé à ne pas perdre la raison. Il se rappelait la douceur de ses cheveux qui coulaient entre ses doigts comme de la soie, l'odeur délicatement sucrée de sa peau, la ferme rondeur de ses seins et cette bouleversante sensation qui l'envahissait quand il se perdait au plus profond de sa moiteur.

La voix de Megan, sérieuse et légèrement tendue, le fit revenir à la réalité.

— Je vais lui administrer un sédatif, expliqua-t-elle. Elle est trop faible pour supporter la douleur. Tiens-lui la tête et parle-lui.

Adam se pencha et plongea son regard dans les doux yeux bruns de la jeune labrador, où se lisait toute sa détresse mêlée de résignation.

— Ne t'inquiète pas, ma belle, murmura-t-il. Tu vas dormir un petit peu. Tu te sentiras mieux quand tu te réveilleras.

En quelques minutes, les paupières d'Ellie se fermèrent et Megan put commencer à ôter les points de suture afin de nettoyer la plaie infectée. Pour cela, elle dut agrandir la blessure et la quantité de sang qui en coula fut très impressionnante.

Adam essaya de contrôler sa respiration et de bloquer ses souvenirs, mais la scène atrocement sanglante où son meilleur ami, Trace, avait perdu la vie, lui revint brutalement à la mémoire.

Pour échapper à ces sombres pensées, il se concentra sur les gestes calmes et méthodiques de Megan, admirant sa force mentale.

Il était 3 heures du matin. Dans la salle de repos, Adam prépara du café. Lorsqu'il revint quelques minutes plus tard avec deux tasses fumantes, Megan était assise par terre devant l'alignement de cages où ils avaient installé Ellie.

Megan leva les yeux en l'entendant entrer.

— La fièvre commence à baisser.

Il lui tendit une tasse et s'assit à côté d'elle.

— C'est bon signe, non ?

— C'est un des premiers effets de l'hydratation, mais oui, c'est encourageant.

Megan se redressa, étira son dos et fit rouler ses épaules pour soulager la tension de ses muscles. Réalisant qu'elle n'avait pas dû dormir plus de quelques heures, Adam posa sa tasse, se déplaça derrière elle et mit ses mains sur ses épaules.

Elle sursauta.

— Que fais-tu ?

— Je te masse les épaules. Détends-toi, Meg. C'est simplement pour te remercier d'avoir sauvé mon chien.

Il commença à malaxer les muscles noués en essayant de ne pas prêter attention au contact velouté de sa peau, travaillant d'abord le haut du dos et des bras, puis le creux des épaules et la base du cou.

Tandis qu'il déplaçait la pression de ses pouces le long de sa nuque, elle pencha la tête en avant et laissa échapper un soupir.

— Ça fait du bien ?

— Mmm.

On aurait dit un ronronnement de plaisir, et Adam sentit son corps réagir immédiatement. Elle n'avait pas changé de parfum, et l'odeur subtilement fleurie qui emplissait ses narines à chaque inspiration lui rappelait irrésistiblement leurs étreintes. Le soleil avait coloré sa peau pâle de rousse d'une délicate teinte abricot, qui lui donnait envie d'y goûter comme à un fruit gorgé de saveurs.

Résistant à la tentation de poser ses lèvres sur son épaule finement parsemée de taches de rousseur, il laissa retomber ses mains.

— Merci, Meg. Je sais que je t'ai tirée du lit et que tu ne vas pas beaucoup dormir cette nuit.

— Je l'aurais fait pour n'importe lequel de mes patients, Adam.

Piqué au vif, il se rendit compte qu'il avait envie de sortir du lot, de représenter à ses yeux quelque chose de spécial. Étirant les jambes de part et d'autre de Megan, il l'attira contre son torse, s'adossant lui-même contre le mur.

— Essaye de dormir, dit-il avant qu'elle ait eu le temps de protester. Je vais surveiller Ellie et je te réveillerai si elle a besoin de quelque chose.

Megan lui jeta un coup d'œil par-dessus son épaule.

— Ce n'est pas une bonne idée.

— Tu as déjà dormi dans mes bras, remarqua-t-il en repoussant une mèche de cheveux cuivrés de ses yeux.

— Ça remonte à loin, Adam. À une autre vie.

Perdu dans son regard aussi lumineux qu'un ciel d'été, il dut faire appel à tout son sang-froid pour échapper à la fascination.

L'espace d'une seconde, il eut envie que les choses soient différentes, qu'ils aient la possibilité de construire une vie ensemble. Mais il savait que c'était impossible. Très jeune, il s'était fait la promesse de ne jamais faire porter à qui que ce soit le poids de son enfer personnel, et il s'y tiendrait coûte que coûte.

Jamais il ne pourrait supporter que Megan le regarde avec le dégoût et la haine qu'il avait vus dans les yeux de sa propre mère.

— Je veux simplement t'offrir un peu de confort pour que tu puisses dormir, expliqua-t-il.

Elle se tourna pour le regarder, scrutant son visage comme si elle essayait de déchiffrer son âme.

— Et toi ? Tu n'es pas fatigué ? Tu pourrais rentrer chez toi. Je t'appellerai quand elle sera hors de danger.

— Je ne dors pas beaucoup.

Il n'avait jamais parlé à personne de ses cauchemars et de ses insomnies. Se ressaisissant, il ajouta :

— De toute façon, il n'est pas question que je te laisse ici toute seule.

— Tu sais, je suis souvent seule quand j'ai à traiter des urgences. Il est vrai que je prends généralement Max avec moi. C'est un bon gardien.

— Mais tu ne l'as pas fait ce soir, sachant que tu serais en sécurité avec moi.

Ravi de ce constat, il resserra les bras autour d'elle.

— Pourquoi ne dors-tu pas, Adam ?

Il se reprocha aussitôt d'avoir trop parlé. Mais il se sentait tellement en confiance avec Megan…

— Tous ces voyages et ces décalages horaires ont dû finir par détraquer mes rythmes de sommeil, prétendit-il.

— Tu voulais voyager, devenir un héros. Est-ce que la réalité était conforme à ce que tu imaginais ?

Surpris, il rejeta la tête en arrière et observa le plafond, submergé par un sentiment de désolation et d'isolement.

Non, ça ne s'était pas passé comme il l'avait espéré.

Son engagement dans les Marines n'avait pas fait ressusciter son frère, ses parents ne lui avaient pas pardonné, et il avait perdu de valeureux compagnons d'armes sur les champs de bataille.

— Pas vraiment, répondit-il. J'espérais pouvoir faire changer les choses, mais chaque fois que nous éliminions une menace avec mon unité, six autres surgissaient ailleurs.

Et des hommes courageux et pétris d'idéaux connaissaient des morts atroces.

— Que souhaites-tu aujourd'hui ?

— Dans ma vie ? Bâtir la plus grande entreprise de sécurité du pays. Faire en sorte que mes hommes ne manquent jamais de matériel ou de ressources pour accomplir leur travail.

Il avait l'argent et le talent. Ne lui manquaient plus que les contacts appropriés.

— Mais pour le moment, ajouta-t-il en glissant la main sous le menton de Megan, j'ai envie de...

Avant qu'elle n'ait le temps de deviner ce qu'il allait faire, il inclina son visage vers celui de Megan et déposa sur ses lèvres un baiser tendre et léger.

4

Megan tressaillit au contact des lèvres d'Adam. C'était un baiser très doux, à peine ébauché et pourtant si sensuel qu'elle sentit malgré elle ses lèvres s'entrouvrir, tandis qu'une fièvre soudaine s'emparait de son corps.

Les années passées s'évanouirent en un éclair et, lorsqu'il la hissa sur ses cuisses, lui permettant ainsi de faire pivoter ses jambes et de se blottir contre lui, elle ne protesta pas.

Alors qu'elle était consciente qu'Adam n'éprouvait pour elle rien d'autre qu'un violent désir physique, elle le laissa s'emparer de sa bouche qu'il explora avec audace et volupté, pendant que ses mains la couvraient de caresses fiévreuses.

Tous les sentiments qu'elle niait farouchement depuis leurs retrouvailles venaient de resurgir avec force. Cela faisait si longtemps, et elle en avait tellement envie...

Lorsque la main d'Adam s'aventura dans l'échancrure de son débardeur, prenant son sein en coupe, elle ne put refouler ni le gémissement qui monta à ses lèvres ni le frisson qui parcourut son épine dorsale devant cet assaut troublant.

Rejetant la tête en arrière, Adam darda sur elle un regard brûlant, lui communiquant une vibrante exigence.

— J'adore t'entendre gémir, dit-il d'une voix basse et intime.

Une chaleur insoutenable envahit son ventre. Ils avaient toujours partagé une formidable alchimie charnelle. Les années n'avaient pas rompu ce lien si particulier entre eux.

Elle voulait sa peau nue contre la sienne, ses mains sur elle. Elle brûlait de l'accueillir au cœur de son ventre palpitant, de se sentir emplie de lui. Elle avait envie d'éprouver ces sensations délicieuses que lui seul savait éveiller en elle.

Elle voulait perdre le contrôle avec lui. N'être plus que tous les deux.

Tous les deux !

Megan revint brutalement à la réalité.

À quoi songeait-elle ? Elle avait un fils qu'elle aimait plus que tout au monde. Elle n'avait plus le droit à l'insouciance et à l'égoïsme.

Elle était une mère avant tout.

La mère d'un enfant qu'Adam n'avait pas désiré et dont il ignorait l'existence.

Écartant la main d'Adam, elle se releva.

— Meg, que se passe-t-il ?

Sans le regarder, elle renfila son sweat-shirt comme elle l'aurait fait d'une armure.

Lorsqu'elle se retourna, Adam ne se trouvait qu'à quelques centimètres d'elle, la dominant de toute sa hauteur. Elle se sentit toute petite à côté de lui, malgré son mètre soixante-dix. Quand elle était dans ses bras, elle avait l'impression que rien ne pouvait lui arriver tant sa présence était rassurante.

Refusant de se laisser attendrir, elle rétorqua sèchement :

— J'ai passé l'âge d'être la bonne copine avec qui on couche de temps en temps.

Il parut choqué.

— Je ne t'ai jamais considérée comme ça.

Elle ne voulait pas recommencer.

Par deux fois, il l'avait quittée, la laissant dévastée. Elle en avait fini avec les rêves de midinette.

— Que veux-tu de moi ?

Il passa la main sur sa mâchoire ombrée par une barbe naissante.

— Je ne t'ai jamais oubliée. Peu importe où j'allais, ce que je faisais, tu étais toujours dans un coin de ma tête.

Il la regarda droit dans les yeux.

— Je veux que nous soyons amis.

Le cœur de Megan battait si vite qu'elle entendait la course de son sang résonner à ses oreilles.

— Avec un petit supplément ?

— Je mentirais si je disais que je n'en ai pas envie.

Il ne cessait de la fixer, avec dans l'œil une lueur troublante.

— Tu ne peux pas nier que nous sommes toujours attirés l'un par l'autre, insista-t-il.

En d'autres termes, il était persuadé de parvenir à la séduire à nouveau.

Et pourquoi en aurait-il douté ? Après tout, elle était tombée si facilement dans ses bras après l'enterrement de ses parents.

Mais elle avait changé. À présent, le bonheur de Cole passait avant ses propres aspirations ou désirs.

Ellie s'étira dans sa cage. Ravie de cette distraction, Megan ouvrit la grille et vérifia la blessure, qui avait déjà bien meilleure allure.

Prendre soin des animaux lui procurait une véritable satisfaction et son métier la comblait. Ayant grandi rejetée par son père, elle s'était consolée auprès des nombreux chiens, chats et lapins qui peuplaient la maison de son enfance. Leur dévotion inconditionnelle l'avait aidée à combler le vide dans son cœur, et dorénavant c'était à elle d'aider les animaux qui en avaient besoin.

— Le pire est passé, dit-elle. Je vais la garder un jour ou deux sous surveillance, continuer à lui administrer des antibiotiques et peut-être un léger sédatif si elle en a besoin.

Comme si elle comprenait que l'on parlait d'elle, Ellie ouvrit les yeux, lui lécha la main et se rendormit.

Heureuse et soulagée d'avoir pu aider la pauvre chienne, Megan se redressa et se tourna vers Adam.

— Je t'appellerai quand tu pourras venir la chercher.

Cependant, Adam ne semblait pas décidé à partir, comme s'il avait encore quelque chose sur le cœur.

— Je tenais vraiment à toi au lycée, déclara-t-il de but en blanc. Beaucoup trop. Mes sentiments pour toi mettaient mes projets en danger. Tu voulais une famille et je voulais faire carrière dans l'armée. Il fallait que je rompe avec toi.

Megan fit un effort pour contrôler ses émotions.

— Et il y a trois ans ?

— J'étais engagé dans les Marines. Je ne pouvais pas rester. C'est aussi simple que ça.

Simple ?

Megan se demanda si elle devait en rire ou en pleurer.

Trois ans plus tôt, sa vie était tout sauf simple. La panique quand elle avait réalisé qu'elle était enceinte. Les décisions à prendre. L'impossibilité de retrouver Adam car il ne lui avait laissé aucun moyen de le contacter.

Simple, en effet !

— Et maintenant, Adam ?

— Je vais être honnête, je ne reste que quelques semaines, et ensuite je repars à Los Angeles. Mais j'ai envie de passer du temps avec toi, Meg.

Malgré ses griefs contre lui et les répercussions que cela pourrait avoir sur Cole, Megan ne put s'empêcher de réfléchir à la proposition d'Adam.

Si elle passait du temps avec lui, il était évident qu'elle finirait dans son lit. Une aventure sans lendemain. Elle avait fait des rencontres après Adam, mais aucun homme ne l'avait comblée comme lui.

Elle croyait l'avoir oublié, avoir guéri de lui, mais elle était ravagée par le désir et par une telle sensation de manque que son cœur semblait saigner.

Elle avait envie de se refuser pour se protéger de nouvelles souffrances, mais elle avait besoin de le voir, de lui parler, de découvrir s'il y avait de la place dans le cœur d'Adam pour un fils.

C'était la meilleure solution. Au moins, cette fois, elle savait que ce serait temporaire.

Elle y mettait toutefois une condition : pas question de sortir en ville. Elle ne voulait pas courir le risque qu'une âme « charitable » révèle à Adam l'existence de Cole.

— D'accord, dit-elle, en s'obligeant à le regarder dans les yeux. Passons du temps ensemble, puisque tu y tiens tant.

Adam espérait si fort que Megan accepte qu'il en avait retenu sa respiration.

— Parfait. Je t'invite au restaurant ce soir.

Elle secoua la tête.

— Non. Pas de rendez-vous romantiques, pas d'invitations en ville.

Il plissa les yeux.

— Pourquoi ? C'est à cause du mystérieux Cole ? Tu as peur qu'il ne nous voie ensemble ?

— Non.

Adam se sentit soulagé. Megan n'était pas une menteuse. C'était un trait de caractère qu'il avait toujours apprécié chez elle.

Si elle disait qu'elle n'avait pas d'homme dans sa vie, alors ils étaient libres de se voir pendant quelques semaines.

— Étant donné que ce n'est pas une vraie relation, expliqua-t-elle, je préfère rester discrète.

On aurait dit qu'elle avait honte.

— Quel mal y a-t-il à ce que deux vieux amis se retrouvent ?

— Aucun, mais je n'ai pas envie de dîner à l'extérieur. De toute façon, ce soir je ne peux pas.

Elle l'interrompit avant qu'il ait eu le temps de protester.

— J'apporterai le repas chez tes parents après-demain soir, vers 20 h 30.

Adam n'aimait pas qu'on le prenne pour un idiot.

— À quoi tu joues ? demanda-t-il en se rapprochant de Megan.

Elle recula et se cogna contre la table d'examen.

— À rien. Je n'ai pas envie de faire jaser, c'est tout. Tu sais comment ça se passe dans les petites villes.

Il posa les mains sur le métal froid de la table, emprisonnant Megan entre ses bras.

— Qu'est-ce que tu me caches ?

Elle baissa les yeux.

— Mais absolument rien, je t'assure.

En dépit de ses protestations, Adam restait persuadé qu'elle ne lui disait pas tout.

Pourquoi ne voulait-elle pas être vue en sa compagnie ?

Megan se redressa et le regarda droit dans les yeux.

— Arrête d'essayer de m'analyser. Si tu veux qu'on se voie, ce sera à mes conditions.

Adam jugea qu'il était temps de battre en retraite. De toute façon, il finirait bien par découvrir de quoi il s'agissait.

— Tu as gagné, sauf que c'est moi qui préparerai le dîner.

— Très bien.

— Et, rassure-toi, il ne sera pas question de sexe entre nous.

Elle écarquilla les yeux de surprise.

— Quoi ? Je veux dire, je n'ai jamais dit… Enfin, je pensais que tu voulais…

— Je sais. Je retire tout simplement cette suggestion. Ce n'est pas que je n'ai pas envie de toi, bien au contraire. Mais je tiens à te prouver, et peut-être à moi aussi, que je peux t'offrir une véritable amitié.

Mais il avait bien l'intention de découvrir ce qui perturbait Megan à ce point. Jamais elle n'avait eu de secret pour lui, et qu'elle en ait un maintenant lui était intolérable.

5

Megan ôta le dinosaure en plastique de la main de son fils endormi et remonta la couverture sur lui. Jour après jour, elle voyait son visage de bébé se transformer en visage de petit garçon.

Et ressembler davantage à Adam.

Avec un pincement au cœur, elle se pencha pour l'embrasser encore une fois et éteignit la lampe de chevet.

L'éclairage du couloir dessinait la silhouette de Max couché par terre, la tête sur ses pattes, ses grands yeux bruns suivant chacun de ses mouvements.

Elle s'accroupit pour le caresser, prenant le temps de le gratter derrière l'oreille droite comme il l'aimait.

— Tu vas sauter sur le lit dès que j'aurai le dos tourné, hein ?

Le chien bâilla, ce qui fit rire Megan. Max était un bon gardien et un adorable compagnon de jeux pour Cole. Le mois dernier, Cole avait troqué son berceau contre un lit de grand garçon, et Max avait pris l'habitude de dormir sur le matelas, aux pieds de l'enfant.

En quittant la pièce, elle laissa la porte entrebâillée pour que Max puisse aller et venir à sa guise.

Parfois, il s'attardait auprès d'elle tandis qu'elle transcrivait des notes, travaillait sur un cas, rédigeait un dossier ou étudiait les résultats fournis par le laboratoire. Puis il retournait dans la chambre de Cole quand elle allait se coucher.

Mais ce soir, elle sortait.

Alors qu'elle s'asseyait sur le canapé pour enfiler ses chaussures, sa mère releva la tête de son ordinateur portable.

— Ça fait longtemps que tu n'avais pas eu rendez-vous avec un homme.

— Ce n'est pas un rendez-vous, maman. Je vois simplement un vieil ami.

— Avec ce pantalon moulant et ces escarpins ?

Devait-elle se changer ? Elle l'avait déjà fait trois fois.

Et puis, ce n'était vraiment pas un rendez-vous. Disons plutôt… un entretien. Voilà, elle allait faire passer un entretien à Adam pour savoir s'il pouvait assumer le rôle de père de son enfant.

— Que donne ton discours ?

— Ce n'est pas trop mal, je crois. Mais tu sais que je suis une infirmière à la retraite, pas une femme politique.

— Tu feras un excellent maire pour Raven's Cove, maman.

— Je le crois aussi. Mais je suis toujours très franche. Tout le monde ne l'apprécie pas. Bah, de toute façon, si je ne suis pas élue, je trouverai bien autre chose à faire.

— Je suis certaine que tu l'emporteras.

Megan se leva, attrapa son sac et déposa un baiser sur la joue de sa mère.

— Merci de garder Cole. Je serai de retour au plus tard à 23 heures.

Elle avait la main sur la poignée de la porte d'entrée quand sa mère la héla.

— Megan ?

Elle tourna la tête.

— J'espère que tu sais ce que tu fais. Ça ne te ressemble pas d'être aussi mystérieuse.

— Dès que j'y verrai plus clair, je t'en parlerai.

— Comme tu voudras, ma chérie. Tu sais que j'ai toujours respecté ta vie privée.

Lorsqu'elle arriva à sa voiture, Megan se demanda si elle n'était pas en train de faire une erreur.

Il n'était pas trop tard pour annuler. Mais que craignait-elle au juste ? Cette fois, elle n'attendait rien d'Adam. Elle ne se faisait aucune illusion, elle ne risquait donc pas de souffrir.

Elle était à l'abri des surprises.

Megan observa le jardin avec étonnement. Des lanternes avaient été accrochées à la charpente de la terrasse couverte. Une table avait été tendue d'une nappe blanche, et un bouquet trônait en son centre. De confortables coussins garnissaient les chaises en fer forgé et d'appétissantes odeurs flottaient dans l'air.

Elle se tourna vers Adam, plus séduisant que jamais avec son jean noir et son pull de même couleur à encolure en V, dont il avait remonté les manches.

— Du vin ? proposa-t-il en guise de bienvenue.

Sans attendre sa réponse, il prit la bouteille et remplit deux verres.

— Viens, assieds-toi.

Elle s'approcha de la table.

— Adam, tu as fait appel à un traiteur ?

— Comme tu ne voulais pas que je t'emmène dîner, j'ai fait venir le dîner à nous.

Il tira sa chaise, attendit qu'elle se soit installée, et s'éclipsa un instant.

Il revint avec deux salades de pousses d'épinard toutes fraîches sorties du réfrigérateur.

— Ensuite, nous avons des côtelettes d'agneau au romarin accompagnées de jeunes carottes et pommes de terre grenaille. Et en dessert, un moelleux au chocolat et aux framboises.

La salade était croquante, l'assaisonnement frais et léger.

— Je croyais que je n'avais pas faim, mais c'est délicieux.

Adam esquissa un sourire de satisfaction.

— Alors dis-moi, la dernière fois que nous nous sommes vus, tu commençais tout juste à exercer.

— J'avais ouvert le cabinet depuis un an et j'étais encore en train de me constituer une clientèle. C'est seulement quand j'ai commencé à m'occuper d'un chien de concours plusieurs fois champion que les affaires ont vraiment démarré.

Adam tourna la tête vers Ellie qu'il avait installée dehors sur sa couverture. Couchée sur son bon côté, elle tenait un éléphant en peluche entre ses pattes. Quand elle vit qu'on la regardait, elle se mit à remuer la queue, et Megan surprit le regard attendri qu'Adam posait sur elle.

Finalement, la jeune labrador s'était remise plus vite que prévu, et Adam avait pu passer la prendre dans la matinée. Depuis que Megan était arrivée chez Adam, Ellie trottinait partout derrière lui. Il avait dû l'obliger à se coucher pour éviter qu'elle ne se fatigue trop.

— Tu n'as pas besoin d'un chien de concours pour prouver tes talents, remarqua-t-il. Tu as été formidable avec Ellie. Elle va déjà beaucoup mieux.

Ce compliment fit rougir Megan.

— Merci. J'aime beaucoup mon travail.

Ils avaient terminé leur salade. Adam se leva pour débarrasser les assiettes. Puis il servit la viande et les légumes, et remplit à nouveau leurs verres.

— Et toi ? demanda Megan. Comment t'est venue l'idée de créer ta propre agence de sécurité ?

— C'était le rêve de mon meilleur ami, Trace. Mais je suis rentré à la maison. Pas lui.

La nourriture prit soudain un goût de cendre dans la bouche de Megan quand elle comprit ce que cela signifiait.

Posant sa fourchette, elle mit la main sur l'avant-bras d'Adam.

— Je suis désolée.

Un bref instant, les yeux d'Adam se perdirent au loin, et elle fut bouleversée par la détresse qui envahit ses prunelles. Puis il secoua la tête, esquissa un sourire gêné et reprit la conversation.

— Alors, je l'ai fait pour lui. Sa femme, Sienna, travaille avec moi. C'est mon assistante administrative et la reine des casse-pieds.

— Tu l'aimes bien.

Elle l'avait deviné à son intonation.

— Comme si elle était ma petite sœur. Elle est là depuis le début, et elle m'aide à développer l'agence. Nous n'engageons que d'anciens Marines. Comme la plupart d'entre eux sont célibataires et disponibles pour aller n'importe où sur un claquement de doigts, nous envisageons d'ouvrir d'autres agences un peu partout dans le pays.

— Dis-moi, tu n'as jamais rencontré la femme qui t'aurait fait changer d'avis sur le mariage et les enfants ?

— Non.

Ils continuèrent leur dîner en silence. Megan était tellement plongée dans ses pensées, se demandant quelle conclusion il fallait tirer d'une réponse aussi dénuée d'émotion, qu'elle fut surprise par la question soudaine d'Adam :

— Tu n'es pas mariée ? Tu rêvais tellement d'une famille.

Elle devait faire très attention à sa façon de formuler les choses.

— Mes études ont occupé tout mon temps. Ensuite, il a fallu que je me constitue une clientèle. Et puis, l'homme idéal ne s'est jamais présenté.

Sans doute ne le trouverait-elle jamais. D'une certaine façon, elle l'avait admis et avait cessé d'espérer.

Levant son verre, elle se cala contre le dossier de sa chaise.

— Je suis heureuse de la vie que j'ai aujourd'hui.

— Tu ne m'as pas tout dit, n'est-ce pas ?

Étonnée et un peu inquiète, elle reposa son verre.

— Qu'entends-tu par là ?

— Il y a forcément une raison pour que tu ne veuilles pas être vue en public avec moi. J'aimerais la connaître.

— Ça t'ennuie à ce point que j'aie mes petits secrets ?

— Disons que ça me donne envie de découvrir la nouvelle Megan. Tu as toujours été jolie, mais aujourd'hui tu es belle. Surprenante.

Baissant la voix, il prit une intonation plus sensuelle.

— Sexy…

Un frisson la parcourut.

Adam recula soudain sa chaise.

— Viens, je veux te montrer quelque chose.

Elle hésita.

— Si nous faisions plutôt la vaisselle ?

Il s'approcha si près qu'elle perçut la chaleur de son corps.

— Tu cherches à faire diversion, Meg ?

— Oui.

Il rit.

— Je voudrais simplement te montrer mes bureaux sur mon ordinateur. Je ne vais pas t'entraîner de force dans ma chambre. Je t'ai dit que ce soir nous faisions à nouveau connaissance, rien d'autre…

Il recula de quelques pas et sortit son téléphone portable de la poche de son pantalon.

— Laisse-moi juste le temps d'envoyer un texto au traiteur pour qu'il vienne débarrasser. Ça fait partie de l'offre.

Une fois cela fait, il lui prit la main et siffla Ellie qui les suivit en boitillant.

Adam regardait par-dessus l'épaule de Megan pendant qu'elle cliquait sur les photos de l'agence. Chaque fois qu'elle se penchait, le décolleté de son chemisier en soie émeraude s'entrouvrait légèrement, révélant la naissance de ses seins.

Le besoin de la toucher commençait à devenir obsessionnel, et il se demandait combien de temps encore il allait pouvoir respecter la promesse qu'il lui avait faite de s'en tenir à des relations strictement amicales.

— Combien de personnes emploies-tu ?

— Six, en comptant Sienna. Mais j'espère bien ne pas m'arrêter là.

— Pourquoi avoir choisi Los Angeles ?

— Compte tenu de la demande élevée en matière de sécurité et de protection, c'est plus facile d'y faire son trou. J'ai réussi à y décrocher quelques clients prestigieux. C'est important pour ma publicité.

— Tu as l'air d'aimer ce que tu fais.

— J'apprécie de pouvoir utiliser les compétences que j'ai développées dans l'armée. J'aime aussi la liberté que ça me procure. Pas d'ordres à exécuter, pas de hiérarchie à ménager. Pas de fil à la patte.

Megan regarda autour d'elle le salon et la salle à manger remplis de cartons contenant les affaires de ses parents.

— Un fil à la patte comme cette maison, par exemple.

— Oui.

Il se leva, éprouvant physiquement tout le poids de la culpabilité et de la douleur qu'exsudaient les murs de la maison.

— Cette maison, cette ville me rappellent un passé que je veux oublier.

— Et tu crois que tu vas pouvoir tout oublier comme ça ?

— Oui, sans problème. Sauf toi…

Il rabattit l'écran de son ordinateur, souleva Megan de sa chaise et l'attira dans ses bras.

La main plongée dans ses cheveux soyeux, il renversa sa tête en arrière et prit sauvagement possession de sa bouche.

Il était comme un homme perdu dans le désert découvrant une oasis et cherchant à y étancher une soif inextinguible.

Crispant les doigts autour de ses biceps, Megan répondit à son baiser avec une ardeur qu'il ne lui connaissait pas.

La jeune fille douce et timide qu'il avait connue n'existait plus. C'était une femme sensuelle et sûre d'elle qui enfouissait son visage dans l'encolure de son pull, effleurait des lèvres son torse, tout en glissant les mains sous son vêtement pour lui caresser le dos.

À son tour, il chercha les boutons de son chemisier de soie, impatient de couvrir de caresses ce corps qu'il sentait prêt à s'offrir à lui.

En découvrant le soutien-gorge de dentelle vert amande qui emprisonnait la gorge ronde, nacrée, frémissante, il resta un instant interdit.

Son sang se mit à battre furieusement à ses tempes, tandis qu'un désir violent s'emparait de lui.

Mais il n'était pas question ce soir de satisfaire ce désir égoïste. Seule Megan comptait.

Il la souleva pour l'asseoir sur la table, se glissa entre ses cuisses et referma les mains en coupe sur ses seins qu'il caressa à travers le soutien-gorge.

En réponse, elle noua les cuisses autour de ses hanches, tout en essayant de soulever son pull. Se rejetant brièvement en arrière, il fit passer le vêtement au-dessus de sa tête et le jeta n'importe où.

Puis, d'une légère poussée sur ses épaules, il la fit s'étendre sur la table, en appui sur les coudes. Ses cheveux se répandirent sur le bois sombre, telles des vaguelettes de cuivre et d'or.

Les lèvres entrouvertes, la respiration légèrement altérée, elle le fixait avec une lueur d'anticipation dans le regard.

Elle était si belle qu'il en éprouvait une sensation douloureuse au creux de la poitrine. Elle ne devait absolument pas savoir qui il était vraiment : un enfant haï par ses parents, un enfant que cette haine poussait à vouloir inlassablement prouver sa valeur.

Elle le prenait pour un patriote se sacrifiant pour sauver le monde. Si elle savait ce qu'il avait vu au cours de ses missions : des monstres qui n'avaient rien d'humain, faisant subir des atrocités à d'autres hommes.

La place de Meg était là, dans cette petite ville tranquille, à sauver des animaux.

Il ne pouvait pas l'avoir pour la vie. Mais pourquoi pas pour quelques heures ?

Et cette fois, quand il s'en irait, il aurait la satisfaction de s'être comporté comme il le fallait. Sans la blesser, sans lui mentir, clair dès le départ sur ses intentions.

6

Megan était submergée par d'enivrantes sensations.

Adam l'enveloppait de ses bras, son large torse et son ventre puissamment musclé pressés contre elle lui insufflaient force et sécurité. Sa bouche avait un goût de chocolat noir, et la sensation de sa langue qui taquinait la sienne était si érotique que toute pensée raisonnable l'avait déjà désertée.

Oubliée la promesse d'une relation dénuée de contact physique. Tout en faisant courir ses mains dans le dos couturé d'anciennes cicatrices d'Adam, elle se réjouit que lui aussi y ait renoncé.

Poursuivant la redécouverte du corps d'Adam, elle cessa de se mentir. Elle avait envie de lui et était décidée à succomber à cette envie sans se soucier des conséquences.

Il se pressa contre ses cuisses, et quand il s'inclina pour faire courir ses lèvres le long de sa gorge, une sensation de vide intolérable se creusa au cœur de sa féminité brûlante.

Détachant l'agrafe du soutien-gorge, qui s'ouvrait sur le devant, il referma ses lèvres sur la pointe tendue d'un sein qu'il agaça longuement, avant de faire subir la même délicieuse torture à l'autre, éveillant dans tout le corps de Megan une irrésistible volupté qu'elle exprima par de petits gémissements.

Il se redressa un instant pour la regarder et fit courir ses mains sur son ventre. Elle s'inquiéta à l'idée qu'il puisse apercevoir ses vergetures, certes fines et peu nombreuses et heureusement difficiles à discerner sur sa peau pâle.

Les doigts d'Adam s'arrêtèrent sur la ceinture de son jean, et elle eut l'impression que le temps se suspendait.

Il le déboutonna, défit la fermeture et le fit glisser le long de ses hanches qu'elle souleva pour permettre le passage du vêtement.

Il acheva de la déshabiller en lui ôtant ses escarpins.

Les yeux rivés aux siens, il glissa les doigts sous la bande élastique de la culotte de dentelle assortie au soutien-gorge, et l'embrasa par de troublantes caresses qu'il interrompit le temps de se pencher à nouveau sur elle.

Respirant son odeur, goûtant sa peau, il parcourut de baisers le corps de Megan, lui embrassa le ventre en décrivant des courbes savantes qui le conduisirent à l'aine, à l'intérieur des cuisses, poussant son désir au paroxysme.

Alors, il baissa sa culotte sur ses cuisses, posa les lèvres sur sa moiteur et entreprit de la rendre folle de plaisir.

Grisée par son audace, elle s'agrippa à ses épaules solides tandis que, vague après vague, un courant impétueux l'amenait vers les rivages de l'extase.

Encore étourdie et frissonnante, elle réalisa soudain qu'il remettait sa culotte en place.

— Pourquoi ? demanda-t-elle, à la fois surprise et dépitée.

Elle savait qu'il avait envie d'elle. Oh, pas pour toute la vie, mais le temps d'un corps à corps passionné.

— Ce soir, je veux qu'il ne soit question que de toi, expliqua-t-il. Je ne peux pas t'apporter l'engagement que tu recherches, mais je peux au moins te donner du plaisir.

À cet instant, il avait baissé la garde, et la détresse qu'elle lut dans ses yeux serra le cœur de Megan.

— Comment s'est passé le grand rendez-vous ?

Le visage de Sienna Walker s'affichait sur l'écran d'ordinateur d'Adam. Ils travaillaient souvent via Skype lorsqu'il était en voyage.

Pour le moment, il évitait le regard inquisiteur de son assistante en étudiant sur son iPad les plans du country club. Il avait fait le tour du terrain de golf et des différentes constructions, mémorisant chaque détail.

— Je n'ai pas les plans de l'hôtel.

— Je te les envoie dès que je les aurai reçus. La première copie ne faisait pas état des récents travaux de réaménagement, et je les ai appelés pour le signaler. J'attends la nouvelle version. Et maintenant, réponds à ma question.

Il lui avait parlé de Megan, avouant qu'il n'était jamais parvenu à l'oublier. Mais ce qu'il n'avait pas dit à Sienna, c'est qu'il ne serait jamais l'homme que Megan voulait qu'il soit.

Trop de choses étaient verrouillées en lui, dont il ne pouvait pas parler. Il savait que la culpabilité lui nouerait la gorge s'il essayait, et que les mots ne franchiraient pas ses lèvres.

Il était totalement bloqué. Il n'y avait que dans ses cauchemars que sa souffrance se libérait.

Il tourna les yeux vers l'écran de l'ordinateur. Sienna travaillait chez elle ce jour-là. Elle portait une tenue de sport pour le moins informe. Elle avait relevé ses cheveux blonds en queue de cheval, et son visage dépourvu de maquillage montrait des signes de fatigue.

— Tu as encore travaillé toute la nuit ? demanda-t-il, inquiet de la voir s'épuiser au travail.

— Ne fais pas cette tête, patron. Je vais très bien. Et toi, tu t'en sors ? Tu es sûr que tu ne veux pas que je vienne t'aider ?

Il se renversa contre le dossier de sa chaise et se passa la main sur le visage. Après le départ de

Megan, il avait passé une grande partie de la nuit à trier les affaires de ses parents.

Sauf les photos.

Après toutes ces années, il ne pouvait toujours pas les regarder. Pour un héros plusieurs fois médaillé, il était d'une incroyable lâcheté.

— Non, je me débrouille très bien tout seul, prétendit-il. J'ai vu Megan hier soir. Nous avons dîné ensemble. On essaie de rattraper le temps perdu. Ça va, tu es contente ? On peut travailler, maintenant ?

Il avait proposé à Megan de passer dans la soirée, invitation qu'elle avait déclinée car elle était occupée. Elle ne pouvait pas le voir non plus le dimanche suivant, mais avait promis de l'appeler. Il essayait d'être patient.

— Elle t'a dit que sa mère briguait la mairie ?

— Catherine Young ?

— C'est Catherine Sullivan, à présent.

Adam se redressa, à la grande surprise d'Ellie qui s'était assise à côté de lui, la tête posée sur son genou.

— C'est pour ça que je n'ai pas reconnu son nom quand j'ai vérifié le planning du club, dit-il tout en caressant la chienne sous le menton.

— Elle y organise un gala de levée de fonds ce soir.

— Je sais. J'ai déjà acheté un billet, histoire de m'infiltrer en vue du tournoi.

— Il faut que tu vérifies comment travaillent les employés et que tu repères toutes les failles de sécurité.

— Je sais. Tu as pensé à me faire envoyer un smoking ?

— C'est fait. Je t'ai aussi réservé un des cottages VIP, afin que tu puisses vérifier discrètement les hébergements.

Adam continua à faire le point avec Sienna, mais il avait la tête ailleurs.

Assis à la table de salle à manger qu'il utilisait comme bureau, il ne pouvait s'empêcher de penser à ce qui s'était passé dans cette pièce la nuit précédente, à la façon dont Megan avait réagi à ses caresses, à la façon dont elle l'avait regardé.

Megan franchit la porte-fenêtre à petits carreaux ouvrant sur la terrasse du country club pour téléphoner à Bridget, sa meilleure amie, qui faisait également office de baby-sitter quand sa mère n'était pas disponible.

Des rires et des exclamations ponctuaient le brouhaha des voix autour de la piscine illuminée, où, un verre à la main, les invités s'agglutinaient autour des chauffages extérieurs.

Faisant claquer ses talons sur les pavés, elle se dirigea vers une rambarde délicatement ouvragée, sortit son téléphone de sa pochette de soirée et passa son appel.

Quelques minutes plus tard, elle avait parlé à Cole et lui avait dit qu'elle l'aimait. Bridget était en train de lui lire son livre préféré.

Tout allait bien. Elle passait la nuit chez Megan pour que celle-ci n'ait pas à s'inquiéter de l'heure à laquelle elle rentrerait.

Megan rangea son téléphone et resta un moment accoudée à la rambarde. Une brise légère faisait danser autour de ses jambes la jupe évasée de sa robe de cocktail. Le terrain de golf baignait dans la lueur nacrée d'un magnifique clair de lune.

Inspirant l'air frais à pleins poumons, elle laissa Adam envahir ses pensées.

La façon dont il l'avait embrassée, caressée, la tendresse dont il avait fait preuve… Tout cela avait eu raison de cette colère qu'elle avait gardée en elle pendant toutes ces années.

Mais que devait-elle faire ? Le laisser partir sans rien lui dire ? Le libérer définitivement de son passé ?

Elle savait qu'il haïssait Raven's Cove et qu'il avait toujours voulu la quitter. À présent, il allait vendre la maison, coupant le dernier lien qui le rattachait encore à son passé.

S'il continuait à ignorer l'existence de Cole, il pourrait tourner définitivement la page.

— Docteur Young.

La voix dans son dos la fit sursauter. Elle savait très bien à qui elle appartenait et son estomac se noua d'appréhension.

— Monsieur McCray, dit-elle en se retournant. Comme c'est aimable à vous d'être venu ce soir.

Vêtu d'un smoking parfaitement coupé, il affichait un air plus arrogant que jamais. Le country club lui appartenait pour moitié, ainsi que le golf qui portait son nom.

— J'aime les idées de votre mère et je soutiens sa campagne.

Megan se demanda ce que cela cachait. Pensait-il l'influencer avec ce soutien ?

— Merci. Ma mère en sera ravie.

Il regarda brièvement autour de lui avant de poursuivre.

— Écoutez, Megan, j'étais énervé la semaine dernière. J'ai dit des choses que je ne pensais pas.

— À propos du pot-de-vin ou des menaces ?

— Ce n'était pas un pot-de-vin.

Il la regardait avec sévérité, comme si elle était une enfant qui ne comprenait rien à rien.

— C'était une rémunération pour votre expertise professionnelle. Vous avez mal interprété.

— Bien.

Elle n'avait aucune confiance en cet homme, mais elle ne tenait pas non plus à s'en faire un ennemi.

— Je suis toujours en désaccord avec votre évaluation de Celtic, mais j'ai eu tort de perdre mon calme. J'espère que vous voudrez bien m'excuser.

— Naturellement.

Était-il sincère ou s'agissait-il d'une nouvelle tactique ?

— Tant que vous comprendrez que je ne mentirai pas sous serment, précisa-t-elle.

Il pinça les lèvres un bref instant.

— C'est une bonne chose car mentir sous serment est un délit. Je vous souhaite une excellente soirée.

Megan le regarda s'éloigner en se demandant à quoi rimait cette conversation. Puis, comme elle était là pour sa mère, elle retourna dans la grande salle de réception.

Le côté droit de la pièce était occupé par des tables rondes dressées pour le dîner. Au fond se trouvait une estrade avec l'affiche de campagne de sa mère sur un pupitre. Un orchestre avait pris place sur la gauche. Le bar était un peu plus loin. Les invités s'y pressaient autour de la candidate.

Ravie de voir que les choses se passaient si bien, Megan s'apprêtait à rejoindre sa mère quand elle aperçut son mentor, Lawrence Hamilton.

— Lawrence !

Elle agita la main, sincèrement heureuse de le voir. Elle avait travaillé avec lui avant d'ouvrir son propre cabinet.

Lawrence lui saisit les mains, son visage perpétuellement hâlé éclairé d'un sourire affichant des dents d'une blancheur parfaite.

— Megan, vous êtes très en beauté, ce soir.

Il se pencha pour l'embrasser sur la joue.

— J'espère que vous m'avez gardé une danse.

— Bien sûr.

Glissant son bras sous le sien, elle l'entraîna vers la piste où ils commencèrent à se mouvoir au rythme d'un slow.

— Ça me touche beaucoup que vous soyez venu.

— Je n'aurais manqué cela pour rien au monde.

Le regard gris de Lawrence se posa sur elle.

— Vous êtes vraiment très chic avec ce chignon.

— Ça change de ma queue de cheval, n'est-ce pas ?

Lawrence semblait être né pour la vie mondaine. Mince, bronzé, les cheveux châtain clair plaqués en arrière et le regard charmeur. Il avait un peu plus de quarante ans, mais paraissait plus jeune. Il adorait le golf, ce que Megan trouvait terriblement ennuyeux, préférant le tennis.

— Vous travaillez trop dur, remarqua-t-il. C'était déjà le cas quand vous étiez avec moi, mais au moins je pouvais garder un œil sur vous et m'assurer que vous rentriez chez vous à une heure décente.

— À présent, j'ai une raison de rentrer à la maison, dit-elle en pensant à son fils.

— Comment va Cole ?

— Il est très actif. Un peu comme un jeune chiot.

Elle rit de la comparaison.

— Je ne sais pas comment font les chiennes avec toute une portée, ajouta-t-elle.

— Moi non plus.

Lawrence fit un écart pour éviter un couple qui tournoyait maladroitement.

— Vous voyez quelqu'un en ce moment ?

— Non. Je n'ai pas le temps pour ça.

Elle rit à nouveau, essayant de garder un ton léger à la conversation. Il n'était pas question qu'elle parle d'Adam.

— Dites-moi, vous avez joué au golf avec Nathan McCray ou je me trompe ?

Lawrence s'interrompit un bref instant.

— Oui, pourquoi ? Vous ne vous intéressez pas à lui, j'espère.

Megan secoua la tête, trouvant la question étrange.

— Je voudrais votre avis sur quelque chose.

Elle lui résuma l'incident au cabinet vétérinaire et les excuses qui avaient suivi.

Lawrence eut une mimique réprobatrice.

— Nathan est une tête brûlée. Son mauvais caractère était légendaire quand il était dans le circuit professionnel.

— Dois-je m'en inquiéter ?

— Je vous avais prévenue que ce ne serait pas simple de vous lancer en solo. Ce genre de choses pourrait mettre en danger un jeune cabinet comme le vôtre.

Il resta songeur quelques instants.

— Je vais parler à Nathan.

— Oh, non ! Je ne veux pas vous ennuyer avec ça. Je voulais seulement votre avis.

— Toujours aussi indépendante, n'est-ce pas ? Mais ce n'est vraiment rien. Je me suis occupé de Celtic pendant cinq ans. Nathan m'écoutera.

Megan ressentit une bouffée d'affection pour son ancien employeur. Même s'il n'était pas assez âgé pour être son père, il représentait en quelque sorte une figure paternelle.

— Merci. De parler à Nathan, bien sûr. Mais aussi d'avoir convaincu Debbie de me confier le suivi de Celtic.

— N'oubliez pas que je vous ai formée. Si vous êtes douée, c'est parce que je suis le meilleur.

— Et le plus modeste.

La musique s'arrêta. Une main au creux de son dos, Lawrence la guida vers le bar.

— N'ai-je pas une chance incroyable d'avoir dansé avec la plus belle femme de la soirée ?

Amusée, elle s'apprêtait à répondre, quand une voix masculine la héla.

Tournant la tête, elle découvrit Adam.

Avec sa haute stature et ses larges épaules que son smoking semblait avoir du mal à contenir, il était incontestablement l'homme le plus séduisant et le plus magnifiquement bâti de l'assemblée.

Même Lawrence, qui ne manquait pourtant pas de charme, paraissait bien falot en comparaison.

L'avait-il lui aussi ressenti ? En tout cas, ce fut d'un ton curieusement cassant qu'il demanda :

— Qui est-ce, Megan ?

Elle sentit la panique l'envahir à l'idée que Lawrence mentionne son fils. Pressée de se débarrasser de son ancien employeur, elle fit rapidement les présentations.

Il jeta un coup d'œil à peine aimable à Adam avant d'embrasser chaleureusement Megan sur la joue.

— On se reparle très vite.

— Qui est ce type ? demanda Adam après que Lawrence se fut éloigné.

— Mon mentor. J'ai travaillé avec lui quelque temps avant de me mettre à mon compte.

Il regarda vers le bar, où Lawrence avait entamé une discussion avec Nathan.

— Il a envie d'être bien plus que ton mentor.

— Tu es jaloux ?

— Apparemment, reconnut-il avec un petit rire gêné. Et ça ne me plaît pas.

Son regard se radoucit tandis qu'il détaillait sa coiffure et sa robe bustier.

— Tu es superbe, Meg, murmura-t-il en caressant son épaule nue. Je ne sais pas si je dois danser avec toi ou t'entraîner vers la première pièce qui ferme à clé.

— Arrête, Adam ! Ce n'est pas le moment. Et d'abord, que fais-tu ici ?

Il fit courir ses doigts le long du bras de Megan, puis lui prit la main.

— Je suis venu en repérage. Je savais que tu serais là.

— Nous étions d'accord pour ne pas nous voir en public, lui dit-elle sur un ton de reproche.

— Adam ? C'est toi ?

La mère de Megan s'avança vers eux.

— Mais oui, c'est bien toi !

Lâchant la main de Megan, Adam fit un effort pour sourire.

— Bonsoir, Catherine.

Il déposa un baiser sur sa joue.

— Vous êtes ravissante.

— Megan ne m'a pas dit que tu étais en ville.

Ils se tournèrent tous les deux vers l'intéressée, et Megan eut l'impression que leurs yeux étaient des projecteurs braqués sur elle.

— Je... ça ne s'est pas présenté, marmonna-t-elle, consciente qu'elle rougissait.

Catherine toucha le bras d'Adam.

— En tout cas, je suis contente de te voir sain et sauf. Nous discuterons après le dîner.

Elle croisa brièvement le regard de Megan.

— En attendant, il est temps pour moi de monter sur scène, ajouta-t-elle avant de s'éloigner.

Megan était pétrifiée. Remarquant que Nathan et Lawrence l'observaient depuis le bar, elle se ressaisit.

— Je dois y aller, lança-t-elle.

Il fallait absolument qu'elle persuade sa mère de garder le secret à propos de Cole, au moins jusqu'à ce qu'elle se sente prête à révéler à Adam qu'il avait un fils.

7

Megan lui cachait quelque chose, il en était absolument persuadé. Autrefois, pourtant, elle n'avait pas de secret pour lui.

Quelle était la cause de cette lueur de panique dans ses yeux quand elle l'avait vu ?

Megan le rendait fou. Il avait envie d'elle dans son lit, mais plus que tout il avait besoin qu'elle lui accorde sa confiance.

N'était-ce pas le comble de l'ironie quand lui-même lui dissimulait un pan entier de sa vie ?

Pendant deux heures, il dut supporter de la voir dans cette robe dont le haut découvrait ses épaules, enserrant ses seins et sa taille comme les mains d'un homme caressant ses courbes, et dont la jupe s'évasait en corolle autour de ses jambes. Quant à la couleur, elle lui évoquait les dernières traînées de corail illuminant le ciel au moment où le soleil descendait vers l'océan.

Bon sang, depuis quand avait-il l'esprit aussi poétique ?

Catherine fit son discours pendant qu'on servait le dîner.

Adam aurait été incapable de répéter une seule phrase ou de dire quel goût avait la nourriture. Il n'avait d'yeux que pour Megan qui évoluait avec aisance d'une table à l'autre, échangeant quelques mots avec les invités et laissant parfois éclater son rire si particulier.

Sa place était incontestablement ici, dans cette ville. Elle y était aussi à l'aise qu'un poisson dans l'eau.

Contrairement à lui qui haïssait cet endroit de toutes ses forces.

Son regard s'étrécit quand il vit Lawrence s'approcher du groupe avec lequel Megan discutait.

Mentor, mon œil ! Ce vieux beau avait envie de coucher avec Megan.

En tout cas, ça ne risquait pas d'arriver tant qu'il serait là.

Quelque part au fond de son esprit, une petite voix lui rappela qu'il n'avait aucun droit sur Megan. Mais l'homme de Néandertal qui sommeillait en lui décida d'entrer en action.

Posant son verre d'eau glacée, il se leva et se glissa derrière Megan, juste au moment où Lawrence l'invitait à danser.

— Je lui ai déjà demandé cette danse, affirma Adam, une main posée sur l'épaule de Megan, tandis qu'il défiait Lawrence du regard.

— Je croyais que vous ne sortiez avec personne, s'étonna Lawrence en fixant Megan d'un air légèrement vindicatif. Parce que vous n'aviez pas le temps avec votre…

— Désolée ! s'écria Megan en lui coupant la parole. Adam est un vieil ami du lycée, et je lui ai promis cette danse.

Prenant Adam par la main, elle l'entraîna au pas de charge vers la piste.

Surpris par cette soudaine précipitation, Adam joua néanmoins le jeu.

L'essentiel était d'avoir réussi à écarter ce fichu vétérinaire.

La chanson précédente se terminait et les couples applaudirent.

Une nouvelle musique s'éleva. Reconnaissant les premières notes de *Wicked Games* de Chris Isaak, Adam se dit que le morceau n'aurait pu être mieux choisi. C'était en effet un jeu tordu qui se jouait entre Megan et lui, leurs sentiments oscillant sans cesse entre la passion, l'indifférence et le ressentiment.

Tandis qu'il la prenait par la taille en essayant de maintenir entre eux une distance de bon ton, elle se plaqua contre lui, les bras noués autour de son cou, et se mit à onduler d'une façon si sensuelle qu'elle en dépassait presque les limites de la décence.

Et elle qui prétendait ne pas vouloir s'afficher en public !

Mais le sang n'irriguait plus assez son cerveau pour qu'il s'en soucie.

Étroitement enlacés, comme isolés du reste du monde, ils s'abandonnèrent à la vibration érotique qui flottait dans l'air.

— Tu sais ce que tu es en train de me faire, n'est-ce pas ? murmura-t-il à son oreille.

— Ce que tu m'as fait hier, répondit-elle d'un ton innocent.

— Oh que oui. Et j'ai très envie de te caresser à nouveau.

Megan rejeta un instant la tête en arrière pour le regarder. Avec ses joues légèrement empourprées, elle était irrésistible de beauté.

— Comment fais-tu ça ? demanda-t-elle, visiblement troublée.

Il lui caressa l'épaule.

— Quoi ? Te faire brûler de désir ?

— Oui, dit-elle dans un souffle. J'ai mal d'avoir envie de toi.

— Je peux te soulager, susurra-t-il. Viens dans ma chambre.

— Tu as une chambre ici ?

— Il se trouve que oui.

L'orchestre entamait un nouveau morceau. Il prit la main de Megan et l'entraîna vers la terrasse. Il s'arrêta devant la rambarde qui séparait celle-ci des courts de golf et l'embrassa.

Leurs souffles se mêlaient, haletants. Megan perdait pied, se donnant sans retenue à la passion de ce baiser qui allumait en elle un incendie.

Les bras noués autour du cou d'Adam, elle se sentait chavirer.

C'était de la folie. Il y avait des gens partout qui pouvaient les voir. Mais complètement envoûtée par Adam tendu de désir contre son ventre, elle ne trouvait pas la force de le repousser.

Il fut le premier à reprendre ses esprits, s'écarta d'elle et plongea intensément son regard dans le sien.

— Je ne perds jamais le contrôle, dit-il. C'est toi qui me fais faire des choses insensées. Viens avec moi.

Megan était incapable de réfléchir. Elle aurait dû demander où il l'emmenait, prévenir quelqu'un, mais elle n'avait plus aucune volonté.

— Oui, dit-elle simplement.

Adam la saisit par la taille et la souleva pour l'asseoir sur la rambarde.

— Passe tes jambes par-dessus, dit-il.

Elle obéit, frissonnant comme s'ils allaient faire quelque chose de défendu.

Adam sauta en souplesse par-dessus la rambarde, lui tendit la main et la réceptionna contre lui. Puis, lui prenant la main, il l'entraîna sur la pelouse.

— Attends, protesta-t-elle en riant.

Prenant appui sur son bras, elle ôta ses escarpins, et ils se mirent à courir, laissant derrière eux les lumières du club-house.

La nuit les enveloppait telle une cape de velours, douce comme une caresse sur les épaules nues de Megan. L'herbe fraîche et humide sous ses pieds contrastait avec la chaleur du bras d'Adam autour de sa taille.

Pour la première fois depuis longtemps, Megan se sentait jeune, sexy et libre de faire des folies.

Ils longèrent un étang et se dirigèrent vers les cottages alignés à l'orée du bois.

Là où commençait le chemin gravillonné, Adam s'arrêta et la souleva dans ses bras.

— Je ne veux pas que tu te blesses les pieds sur des cailloux tranchants, expliqua-t-il en se dirigeant vers la maisonnette encadrée de deux cyprès.

La tenant d'un seul bras, il plongea la main dans la poche de sa veste, en sortit une clé et ouvrit la porte.

Tandis qu'il se dirigeait vers la chambre, Megan eut à peine le temps de noter le plancher en pin égayé de tapis, les murs passés à la chaux ocre et la kitchenette séparée du salon par un muret de briques formant un bar.

Adam appuya sur l'interrupteur avec son coude, révélant une chambre meublée d'un grand lit à baldaquin, dont les piliers étaient des troncs d'arbres simplement écorcés. Dans le même esprit rustique, les murs étaient lambrissés de bois et le lit recouvert d'une courtepointe en patchwork.

Il la déposa debout face à lui, ôta une à une les épingles qui retenaient son chignon et libéra la masse bouclée de sa chevelure.

Puis, encadrant son visage de ses paumes, il l'embrassa langoureusement.

Megan fit courir ses mains le long des bras d'Adam et sur sa taille, le plaqua plus étroitement contre elle et, de nouveau, elle sentit contre son ventre toute la force de son désir.

— Est-ce que tu as envie de moi comme j'ai envie de toi, ma douce Meg ? demanda-t-il.

— Je ne peux plus attendre, avoua-t-elle dans un murmure.

— Je suis tout à toi.

Il s'écarta, ôta sa veste, desserra son nœud papillon, défit sa chemise et s'attaqua au pantalon.

À mesure qu'il se déshabillait, Megan sentait son ventre se contracter d'impatience. Elle avait tellement envie de lui.

Lorsqu'il défit sa ceinture et fit glisser la fermeture de son pantalon, laissant apparaître une ligne étroite de duvet partant de son nombril, elle retint son souffle.

Abaissant son boxer, il libéra l'objet de la convoitise de Megan.

Tendant la main vers lui, elle le caressa jusqu'à ce que, n'y tenant plus, il la renverse sur le lit, soulève sa jupe corolle et lui ôte son string d'un geste impatient.

Le voyant prendre un préservatif dans le tiroir de la table de chevet, elle le prévint qu'elle prenait la pilule. Mais, déjà, il déchirait la pochette.

— Je suis toujours prudent, répondit-il.

À part une fois, songea fugacement Megan.

Elle cessa de réfléchir quand elle le sentit entrer en elle avec lenteur. Plus rien ne comptait que cette sensation d'envahissement consenti, ce merveilleux écartèlement.

Ils recherchèrent le plaisir avec la même ardeur, la même intensité, aussi affamés, aussi insatiables l'un que l'autre.

Megan tressaillait, frémissait sous les assauts de ses reins puissants, trouvant un plaisir extrême à s'offrir ainsi à lui et l'exprimant par des gémissements et des murmures fiévreux.

— Regarde-moi, dit-il.

Elle ouvrit les yeux et, dans son visage crispé par la tension érotique, dans son regard brûlant de passion, elle vit la véritable beauté masculine.

Alors, perdant un instant toute notion du temps et de l'espace, ils se rejoignirent dans l'extase.

Longtemps après, Megan se réveilla blottie dans la chaleur d'Adam. Collé contre son dos, une jambe passée au-dessus de sa hanche, il l'emprisonnait dans ses bras. Dans le silence de la nuit, on n'entendait que sa respiration calme et régulière.

Devant elle, les chiffres phosphorescents de la pendule indiquaient 2 heures du matin.

Adam s'était montré à la fois tendre et insatiable, lui faisant l'amour encore et encore.

Toujours avec un préservatif.

Elle se rappela qu'il s'était vanté d'être toujours prudent.

Cela n'avait pas été le cas au soir des obsèques de ses parents.

C'était leur faute à tous les deux.

En revanche, elle était la seule coupable en lui cachant l'existence de Cole.

8

Adam se réveilla alors que Megan essayait de se dégager de son étreinte.

Il l'emprisonna plus étroitement entre ses bras.

— Tu as froid ?

— Il faut que je parte.

— Reste.

Se hissant sur un coude, il regarda l'heure par-dessus son épaule.

— Il est à peine plus de 2 heures.

Elle roula sur le dos.

— Je dois rentrer à la maison.

Il l'observa dans l'étrange lueur verdâtre diffusée par la pendulette.

— Demain, c'est dimanche.

Il posa la main à plat sur son ventre. Il adorait la toucher. Il en avait d'autant plus besoin qu'il la sentait se retrancher émotionnellement.

— Dis-moi pourquoi tu ne voulais pas me voir au country club ce soir.

— Nous étions d'accord pour…

— Arrête les bobards, Meg. On aurait dit une biche effarouchée quand tu m'as vu. Et ensuite, quand je t'ai invitée à danser, tu as semblé paniquée par quelque chose que Lawrence était en train de te dire.

Cela ne lui avait pas échappé mais, sur le moment, il était tellement troublé par Megan qu'il n'avait pas voulu rompre la magie en provoquant une dispute.

— Qu'est-ce que tu me caches ?

Il ne soupçonnait pas une relation entre Megan et son mentor. D'accord, ce type avait envie d'elle, mais il était certain que Megan n'était pas intéressée.

— Et toi ? Pourquoi tu ne me dis pas ce qui te fait haïr Raven's Cove à ce point ?

— Ne change pas de sujet.

— C'est toujours la même chose avec toi. Déjà, au lycée, j'étais assez bien pour aller au cinéma, pour aller danser, pour jouer au tennis… et bien sûr pour faire l'amour. Mais tu ne t'es jamais confié à moi.

— Mais si ! Je t'ai dit que je voulais m'engager dans les Marines.

— Tu ne m'as jamais dit pourquoi.

— Mon père appartenait à ce régiment, tu le sais bien.

— Ce père dont tu veux vendre la maison pour te débarrasser de tous tes souvenirs ? Ne me prends pas pour une idiote. Ce n'est pas de lui que vient ta vocation.

Soudain mal à l'aise, Adam éprouva le besoin irraisonné de fuir. Megan était plus perspicace qu'il ne l'aurait cru. Trop pour son propre bien.

— Je n'ai pas envie de parler de ça.

Le ton était cassant, comme celui qu'il employait pour donner des ordres sur le champ de bataille.

Elle s'écarta, s'assit sur le bord du lit, les mains crispées sur le matelas.

— Tu n'as jamais vraiment voulu que je vienne chez toi et que je côtoie tes parents. Les rares fois où je suis venue, tu étais tendu, en retrait.

— N'y pense plus.

Il fixait son dos, ne souhaitant qu'une seule chose : qu'elle le laisse tranquille.

Megan attrapa sa robe et l'enfila, se tortillant pour remonter la fermeture dans son dos, puis elle se tourna vers lui.

— Je ne peux pas ne plus y penser. Par contre, ça…

Elle agita la main vers le lit.

— … c'est terminé. Tu as raison, on s'est toujours bien entendus physiquement, mais il n'y a rien d'autre. C'est tout ce que je représente pour toi.

— Bon sang, rugit-il, en basculant les jambes par-dessus le lit.

Il trouva son jean et l'enfila rageusement.

— Ne gâche pas tout. N'en fais pas un mauvais souvenir de plus.

Elle se figea comme s'il l'avait giflée. Alors, sans un mot, elle tourna les talons et sortit.

Adam la rattrapa à la porte du cottage, vit qu'elle avait les yeux emplis de larmes.

Elle ne pleurait pas, mais elle avait mal.

Il lui avait fait mal. *Une fois de plus*.

À cet instant, il se détesta comme jamais. Il n'aurait pas dû renouer avec elle si c'était pour en arriver là.

Ne supportant pas de la voir dans cet état, il l'attira dans ses bras.

— Je suis désolé, ma chérie. Mais, tu ne sais pas… Tu ne peux pas t'imaginer…

Il ne termina pas sa phrase et enfouit son visage dans ses cheveux.

L'odeur de son shampooing mêlée à celle de leur passion le frappa comme un direct à l'estomac. Ce n'était pas une pulsion sexuelle, mais plutôt l'expression d'une douleur cuisante.

— Je ne sais pas quoi ? demanda-t-elle doucement.

Pas une seule fois depuis toutes ces années il n'avait parlé de Brady. Le simple fait de penser à son frère lui nouait la gorge.

Non, il ne pouvait pas.

Redressant la tête, il lui livra la seule vérité qu'il pouvait admettre.

— Je ne suis pas capable d'être l'homme que tu voudrais que je sois.

Elle le dévisagea avec une infinie tristesse. La peur et la fragilité qu'exprima alors son regard serrèrent le cœur d'Adam.

— Et l'homme que toi tu voudrais être, Adam, qu'est-ce que tu en fais ? Il serait peut-être temps de te poser la question.

Il n'avait rien à répondre à cela. Il ne se rappelait même plus quels étaient ses rêves avant la mort de Brady.

— Je dois y aller, dit-elle en s'arrachant à ses bras.

Il hocha la tête. C'était mieux pour tous les deux, il le savait.

— Je te raccompagne à ta voiture.

Devinant qu'elle allait se récrier, il lui prit le bras.

— Ne proteste pas. Je ne suis peut-être pas toujours un gentleman, mais je ne te ferai jamais courir aucun danger.

Il attendit sur le parking que les feux arrière de sa voiture disparaissent dans la nuit et que le ronronnement du moteur se confonde avec le vent.

Resté seul, il eut alors l'impression qu'un poids immense s'abattait sur lui.

Il connaissait si bien cette souffrance cruelle, lancinante, ce sentiment d'être seul au monde. Il n'avait que quinze ans quand il l'avait découverte.

Même s'il trouvait le courage de confier à Megan le secret qui le hantait, comment pourrait-elle continuer à tenir à lui, alors que ses propres parents l'avaient rejeté ?

Megan avait atrocement mal à la tête. Trop peu de sommeil, trop de larmes et trop de chagrin.

— Tu dois parler de Cole à Adam, dit sa mère.

Megan but une gorgée de café, se réjouissant que son extrême fatigue annihile ses émotions. Elle tourna les yeux vers la porte-fenêtre et vit Cole qui jouait avec Hayden. Sa mère l'avait épousé quelques années auparavant, mais il se comportait comme un véritable grand-père avec le petit garçon.

— Ce n'est pas si facile.

Elle chercha le regard de sa mère.

— Si tu pouvais revenir en arrière et faire en sorte que papa ne fasse pas partie de notre vie, que la douleur soit tenue à distance, le ferais-tu ?

Catherine tendit le bras et tapota le genou de sa fille.

— Oh, chérie, tu aurais vraiment voulu grandir dans le mensonge ?

— Peut-être. En tout cas, j'essaie de faire ce qu'il y a de mieux pour Cole.

— Tu crois vraiment, Megan ?

— Oui.

Voyant l'expression peu convaincue de sa mère, elle reposa sa tasse de café sur la table basse.

— Qu'est-ce que tu sous-entends, au juste ?

— Il est évident que tu as passé la nuit avec Adam.

Megan resta bouche bée.

— Ne proteste pas. Nous étions au moins cent cinquante personnes à te voir danser avec Adam.

Certains invités vous ont vus vous embrasser sur la terrasse et courir à travers la pelouse. Étant donné que tu n'es sortie avec personne depuis trois ans, les commentaires sont allés bon train.

— J'ai rencontré des hommes.

Sa mère eut une moue dubitative.

— Si tu le dis… Il n'empêche que tu as des sentiments pour Adam.

Megan renversa la tête contre le dossier du canapé.

— C'est sans importance. Il m'a dit qu'il ne serait jamais un père de famille.

Elle se tourna à nouveau vers la porte-fenêtre et regarda Cole essayer de lancer une balle à Max. Accroupi à côté de lui, Hayden lui montrait comment faire. Elle imagina Adam à sa place et les deux têtes brunes du père et du fils se frôlant. Elle eut un pincement au cœur.

— Je vais l'appeler, décida-t-elle soudain.

Elle attrapa son portable, composa le numéro d'Adam, son pouls s'accélérant de nervosité au rythme des sonneries qui s'égrenaient.

Sa boîte vocale prit finalement le relais, et elle laissa un bref message pour lui demander de la rappeler.

Elle avait peur, mais il était temps qu'elle dise toute la vérité.

Il restait à espérer qu'elle ne ressortirait pas de cette confession plus meurtrie encore.

Megan sortit du tribunal, où elle venait de témoigner en faveur de Debbie McCray dans le cadre de la bataille juridique qui l'opposait à son ex-mari pour la garde de Celtic.

Debbie, qui s'était attardée pour échanger quelques mots avec son avocat, la rattrapa sur le parvis et les deux femmes marchèrent ensemble jusqu'au parking.

— Merci infiniment, docteur Young.

— Je vous en prie. Je suis tellement contente d'en avoir fini avec cette histoire.

— J'aime sincèrement Celtic, vous savez.

— Je n'en doute pas. Dans le cas contraire, je ne vous aurais pas apporté mon soutien.

Tandis qu'elle parlait, les pensées de Megan dérivaient vers Adam.

Elle avait laissé le message la veille, et il ne l'avait toujours pas rappelée. Était-il puéril au point de bouder ? Ou bien était-il tout simplement pris par son travail ?

L'envie la démangeait de consulter son portable qu'elle avait dû éteindre dans l'enceinte du tribunal, mais elle ne voulait pas se montrer impolie avec Debbie.

— Je suis quand même inquiète, dit cette dernière. Nathan est très vindicatif.

Megan reporta son attention sur elle. À trente-cinq ans environ, Debbie était désespérée de ne pas avoir d'enfant, et des rides d'amertume marquaient les coins de sa bouche.

— Que voulez-vous dire ?

— Je ne sais pas. Son image publique est tout pour lui. Pour commencer, c'est moi qui l'ai quitté. Et il ne réclame la garde de Celtic que pour me contrarier. De plus, au tribunal, je n'ai pas brossé un portrait de lui très reluisant.

— Il ne vous ferait pas de mal, quand même ?

Debbie plissa le front, indécise.

— Je ne sais pas… Je ne crois pas. Mais, pour le moment, c'est lui qui a Celtic. J'ai essayé de la prendre avec moi quand je suis partie.

Sa voix s'était brisée et elle s'interrompit, serrant les lèvres.

— Il me l'a arrachée des bras, sans se soucier de lui faire mal ou non. Elle a eu tellement peur.

Elle leva les yeux vers le ciel d'un bleu intense, dépourvu de nuages, comme si elle cherchait à refouler ses larmes.

— Si le juge tranche en ma faveur, il ne va pas supporter d'être forcé de me la donner.

— Il a essayé de me soudoyer, mais je n'ai pas cédé. Il devra accepter la décision de justice.

— J'ai tellement hâte de revoir ma petite Celtic.

Megan lui pressa gentiment le bras.

— Ne vous en faites pas. Je suis sûre que tout va s'arranger. Maintenant, excusez-moi, mais je dois retourner au cabinet pour mes rendez-vous de l'après-midi.

— Merci encore, dit Debbie avant de se diriger vers sa voiture.

Megan se mit au volant et consulta sa messagerie.

« Salut Meg, dit la voix d'Adam. J'ai eu ton message, mais je suis absent jusqu'à mardi ou mercredi. J'ai demandé à un ami de garder Ellie, au cas où tu te poserais la question. »

Elle avait donc un ou deux jours pour décider de la façon de présenter la nouvelle à Adam.

Un tapotement sur sa vitre la fit sursauter.

Elle tourna la tête et rit de sa peur en découvrant qu'il s'agissait de son mentor.

— Lawrence, dit-elle en baissant la vitre. Que faites-vous là ?

L'avant-bras posé sur l'encadrement de la portière, il se pencha vers l'habitacle.

— Vous n'êtes pas au courant ? J'ai déposé en faveur de Nathan.

— Quoi ? Mais pourquoi ?

Elle s'interrompit, étudiant le visage fermé de Lawrence. Où étaient passés ses yeux caressants et son sourire charmeur ?

— Après que vous avez établi votre certificat médical interdisant de faire concourir ou se reproduire Celtic, Nathan est venu me voir pour un second avis d'expert.

Se sentant trahie, Megan fit un effort pour garder son calme.

— Et quelle est votre opinion ?

Les sourcils levés, il la dévisagea d'un air inquiet.

— Megan, avez-vous des ennuis ? Vous savez que vous pouvez vous confier à moi, n'est-ce pas ? Il s'agit d'un problème d'argent ?

— De quoi parlez-vous ?

— J'ai parlé à Nathan du pot-de-vin qu'il vous aurait proposé. Il m'a dit que c'était vous qui lui aviez demandé deux mille dollars en espèces pour votre témoignage en sa faveur. Il a refusé, mais il pense que Debbie vous a achetée.

Folle de rage, Megan ouvrit brutalement sa portière.

Lawrence fit un bond en arrière.

— Ne me dites pas que vous le croyez. C'est impossible.

Cet homme avait été son professeur à l'école vétérinaire. Il l'avait prise chez lui en stage avant de l'employer une fois son diplôme obtenu.

Les lèvres de Lawrence s'étirèrent en une grimace amère.

— Cela fait un moment que vous prenez des libertés avec l'éthique. J'ai pourtant essayé de vous prévenir que vous n'étiez pas prête à vous lancer toute seule. Mais vous avez insisté. Je peux comprendre la fougue de la jeunesse. Mais de là à détourner ma clientèle…

Megan n'en croyait pas ses oreilles.

— Vous m'accusez de manquement à l'éthique ?

— Vos actions parlent d'elles-mêmes. Nathan m'a dit que vous aviez invité Debbie à dîner pour la convaincre de vous confier le suivi de Celtic. J'ai fermé les yeux parce que je vous apprécie beaucoup, ma petite Megan, et je pensais que vous méritiez un coup de pouce. Mais, franchement, qu'est-ce qui vous a pris de refuser l'agrément de Celtic pour les concours ?

— Cette chienne a une pathologie cardiaque, vous le savez.

Stupéfaite, Megan dévisagea l'homme qu'elle connaissait depuis dix ans et en qui elle avait une confiance absolue. Sa gorge se serra et elle sentit que ses yeux commençaient à picoter.

Non, elle n'allait pas pleurer. S'exhortant au calme, elle reprit la parole.

— Vous savez que je suis une personne honnête et que je n'ai pas fait ce dont Nathan m'accuse.

— Calmez-vous, ma petite Megan. Je peux vous aider. Il me suffit de dire que vous avez fait une erreur de bonne foi dans votre diagnostic, due à votre inexpérience. De plus, j'affirmerai ne pas avoir connaissance de votre intervention auprès de Debbie pour qu'elle vous confie le suivi de Celtic.

Megan avait la nausée, elle n'avait soudain plus qu'une seule envie : se rouler en boule dans son lit et pleurer toutes les larmes de son corps. Ce témoignage, en apparence bienveillant, pouvait détruire sa pratique en la faisant passer pour une personne incompétente. Comment pourrait-elle se défendre contre un vétérinaire de la réputation de Lawrence ?

— Je n'en reviens pas que vous pensiez ça de moi, dit-elle d'une voix étranglée.

— Regardez-vous, Megan. Vous avez complètement changé. Tout le monde a vu comment vous vous êtes comportée au gala de votre mère. Qu'est-ce qui vous a pris ?

Il y avait dans sa voix de la déception et quelque chose qui ressemblait à du dégoût. À bout de nerfs, Megan se remit au volant et claqua sa portière.

— Attendez, mon petit, dit Lawrence en se penchant de nouveau à la vitre. Je peux vous aider. J'ai toujours été là pour vous. Vous le savez. Je peux tout arranger.

Elle le regarda droit dans les yeux.

— Je n'ai rien fait de mal. Si vous préférez croire Nathan plutôt que moi, alors il n'y a rien à ajouter.

Elle démarra sa voiture et quitta le parking en faisant vrombir le moteur et crisser les pneus, trahissant sa nervosité.

Deux jours plus tard, Megan donnait son petit-déjeuner à Cole lorsqu'on frappa à la porte.

Max se leva d'un bond en aboyant.

Qui pouvait se présenter chez elle aussi tôt ? Il était à peine 8 heures.

Adam ?

Le cœur de Megan s'emballa tandis qu'elle essuyait les mains de Cole et le soulevait de sa chaise haute.

Non, ça ne pouvait pas être Adam. Ce n'était pas ainsi qu'elle voulait qu'il l'apprenne.

Qu'allait-elle faire ? Lui mettre Cole dans les bras en claironnant « Félicitations, tu es papa ! » ?

Les coups à la porte se firent plus insistants, déchaînant la fureur de Max. S'armant de courage, elle se dirigea vers la porte et regarda dans l'œilleton.

C'était la police.

— Assis, Max ! dit-elle.

Elle cala Cole sur sa hanche, puis ouvrit la porte. Deux hommes en uniforme se trouvaient sur le seuil, la mine sévère. Elle reconnut l'un des agents qui était l'un de ses clients.

— John, que se passe-t-il ?

— On nous a signalé un chien volé.

— Je ne comprends pas.

— Il s'agit de Celtic. M. McCray affirme que vous l'avez enlevée. Est-elle chez vous ?

Profondément choquée, Megan parvint néanmoins à répondre calmement.

— Bien sûr que non. C'est ridicule. Pourquoi l'aurais-je volée ?

— Écoutez, il s'agit probablement d'un malentendu, tempéra John. Mais cette chienne vaut beaucoup d'argent. La cacher, quelle qu'en soit la raison, est un délit.

Megan avait l'impression d'être en plein cauchemar. Deux policiers, dont l'un était un client de son cabinet vétérinaire, venaient chez elle et l'accusaient d'avoir volé un chien.

— Si Celtic a disparu, je n'y suis pour rien.

— Vous en êtes sûre ?

— Le seul chien ici, c'est Max.

— Bien. Nous vous recontacterons.

Tandis qu'ils retournaient à leur voiture de patrouille, Megan ferma lentement la porte.

Que diable se passait-il ?

Pour commencer, Lawrence s'était retourné contre elle, ce qui était pour le moins surprenant. Mais, le premier moment de panique passé, elle avait réalisé qu'elle était reconnue comme une excellente professionnelle et que les ridicules affirmations de Lawrence n'auraient aucun effet.

Nathan McCray, en revanche, l'avait directement menacée. Elle se rappelait encore ses paroles : « J'ai fait de Raven's Cove la ville qu'elle est aujourd'hui et il me suffit de quelques coups de téléphone pour vous détruire, vous et votre cabinet vétérinaire. »

Reposant Cole au sol pour qu'il joue avec Max, elle essaya de faire le tri dans les pensées qui se bousculaient dans sa tête.

Nathan McCray avait essayé de la soudoyer, mais elle n'avait pas accepté l'argent. Puis il avait dit à Lawrence que Debbie l'avait payée pour qu'elle témoigne en sa faveur. Au final, c'était la parole de Nathan contre la sienne.

Ce n'était pas suffisant pour la détruire. Il ne fallait pas sombrer dans la paranoïa.

Le téléphone sonna et elle courut pour attraper le combiné sans fil sur la table basse du salon.

— Docteur Young ?

— Oui.

— Derek Hahn, de la *Gazette de Raven's Cove*. Une source anonyme a prévenu la rédaction que vous auriez accepté un pot-de-vin en échange d'un témoignage dans une querelle pour la garde d'un chien de concours.

Les bras soudain couverts de chair de poule, Megan se laissa tomber sur l'accoudoir et essaya de trouver un sens à ce qu'on venait de lui dire.

Qui avait prévenu la presse ? À part Nathan, elle ne voyait personne d'autre.

— Docteur Young ? insista le journaliste.

— Pas de commentaires, dit-elle sèchement avant de raccrocher.

Inquiète, elle se mit à faire les cent pas. Qu'est-ce que Nathan mijotait d'autre ? Combien de temps passerait-il avant qu'elle ne soit arrêtée ?

Les éclats de rire de Cole interrompirent ses sombres pensées.

Elle se retourna vers son fils et le vit s'amuser à lancer une balle à Max. Une angoisse terrible la saisit alors. Que deviendrait Cole si elle était arrêtée ? Elle était son seul parent, et il risquait d'être placé dans un foyer. Mais il n'avait que deux ans…

Sur le point de se laisser submerger par la panique, elle se raisonna. Elle devait être forte pour son fils.

Sa priorité était de le protéger. Et pour ce faire, que cela lui plaise ou non, elle avait besoin d'Adam.

Son père.

9

— Comment s'est passé le travail en Floride ? demanda Logan Knight à Adam.

Les deux hommes étaient assis dans le jardin et s'accordaient une vigoureuse dose de caféine avant que Logan n'aille s'enregistrer à l'hôtel.

Ellie avait posé la tête sur la cuisse d'Adam, et il la caressait d'un geste absent. La jeune chienne ne l'avait pas quitté d'une semelle depuis qu'il était revenu à la maison, une heure auparavant.

— Ce n'était pas très compliqué. Cooper a identifié les maîtres chanteurs qui avaient volé les brevets de la compagnie pour les revendre. J'ai convaincu le client de passer le relais à la police, et tout s'est terminé par une arrestation en bonne et due forme.

— Ce qui m'étonne, c'est que tu m'aies appelé pour garder un chien pendant que tu t'occupais de cette mission.

— C'est moi le patron.

Le client était prestigieux et la jeune compagnie d'Adam ne pouvait pas se permettre de ratés.

— Tu vas garder cette chienne ? Elle est mignonne comme tout.

— Je ne peux pas. Avec tous mes voyages…

— Dans ce cas, ce n'est pas sympa de la laisser s'attacher à toi.

Adam observa Ellie qui le regardait de ses bons yeux confiants.

— Bah, elle s'habituera à quelqu'un d'autre.

Mais, au fond de lui, il n'en était pas si sûr. Quand il avait décidé de garder la chienne, c'était pour avoir une raison de revoir Megan. Il n'avait pas pensé qu'elle risquait de s'attacher à lui.

Le tintement de la sonnette le surprit. Il était à peine 9 heures.

Ellie le suivit tandis qu'il traversait la maison où ne restait plus qu'un seul carton, celui qui contenait les photos et les documents.

Il allait vraiment falloir qu'il prenne une décision : les garder ou les détruire.

En découvrant Megan sur le seuil, sa silhouette auréolée par le soleil matinal, une sensation de manque se logea dans sa poitrine, si profonde qu'il eut envie de masser le point douloureux pour le faire disparaître.

— J'allais t'appeler, dit-il. Je viens juste de rentrer.

— Je suis passée à tout hasard. Je dois te parler.

Sa voix était tendue et son visage soucieux.

Il recula dans le couloir pour la laisser entrer.

— Que se passe-t-il ?

Megan fit quelques pas et se figea.

— Oh, désolé, tu as de la compagnie.

— Megan, je te présente Logan, un de mes employés. Il va me seconder pour la sécurité du tournoi de golf.

Logan s'avança et tendit la main.

— Bonjour, Megan, ravi de vous rencontrer.

— Moi aussi, dit-elle avec un sourire forcé. Désolée de vous interrompre.

Se tournant vers Adam, elle suggéra :

— On peut peut-être parler dehors ?

— Inutile, je m'en vais.

Logan ramassa son sac de voyage, caressa la tête d'Ellie et se dirigea vers la porte.

— Tu veux du café ? proposa Adam.

— Non, merci.

Elle regarda autour d'elle, comme si elle cherchait quelque chose, se mordilla la lèvre inférieure.

— Je voulais faire ça mieux, l'amener progressivement, mais…

Un mauvais pressentiment s'empara d'Adam.

— Je t'écoute.

— J'ai des ennuis.

— Quel genre d'ennuis ?

Elle se mit à triturer la bandoulière de son sac.

— Je crois qu'on m'a piégée. Il se pourrait que je sois arrêtée.

— Pour quelle raison ? Qui t'a piégée ?

Elle secoua la tête.

— Ce n'est pas pour ça que j'ai besoin de ton aide. De toute façon, tu ne peux pas intervenir.

Marchant jusqu'à la fenêtre, elle regarda dehors. Les bras croisés autour de sa taille, comme pour se protéger d'un danger, elle semblait bien seule et perdue.

— Nathan McCray est impliqué et c'est un problème pour toi puisqu'il t'a engagé pour assurer la sécurité du tournoi de golf.

Adam ne comprenait pas où Megan voulait en venir. Il posa les mains sur ses épaules.

— Qu'est-ce que Nathan a fait ?

Ce type était une vieille gloire du sport qui essayait de se raccrocher à sa célébrité. Pas un criminel.

— Son ex-femme et lui se disputent la garde de leur chienne de concours, Celtic.

Adam l'écouta raconter toute l'histoire.

— Calme-toi, dit-il. On va tirer ça au clair. Nathan est un *has been* complètement imbu de lui-même, mais je ne pense pas qu'il prendrait le risque de cacher son propre chien pour te piéger.

— Je ne te demande pas de prendre parti. Nathan t'a engagé et, du coup…

— Quoi ?

— Tu ne peux pas risquer la réputation de ta société. Je le comprends très bien.

— Si c'est ce que tu crois, que fais-tu ici ?

Lui tournant le dos, elle se dirigea vers le canapé et s'y laissa tomber.

— J'ai besoin de ton aide pour autre chose.

— Quoi ?

Elle se tordit les mains.

— Je sens qu'on va m'arrêter.

— Tu dramatises peut-être.

— Je ne crois pas. Après le départ de la police, un journaliste m'a appelée. Il disait avoir été informé anonymement que j'avais fait payer mon témoignage.

Elle marqua une courte pause, pinçant les lèvres.

— Ce n'est pas une coïncidence. Comment se fait-il que ce journaliste ait appelé juste après le départ de la police ?

Elle frissonna.

— Je te dis qu'on m'a piégée et que je vais être arrêtée.

— Tu as vu quelqu'un surveiller ta maison ?

— Je n'ai pas fait attention.

Adam passa immédiatement en mode professionnel. Tout cela lui faisait l'effet d'une machination parfaitement orchestrée.

Contournant la table basse, il s'assit à côté de Megan.

— Bon, pour commencer, tu ne peux pas rester toute seule chez toi. Tu vas t'installer ici.

— Attends une minute, Adam. Je ne t'ai pas encore expliqué ce que j'attendais de toi.

C'était pire que de désamorcer une bombe. Chaque fil désactivé en révélait un plus dangereux encore.

— Qu'est-ce que tu me réserves comme coup de massue ?

Il posa la main sur son bras.

— Ne me dis pas que tu as vraiment enlevé le chien.

— Bien sûr que non ! Tu ne m'en crois quand même pas capable ?

Elle balaya sa question d'un revers de main sans lui laisser le temps de répondre.

— Peu importe. Je ne suis pas là pour moi.

— Pour qui, alors ?

— Pour notre fils.

Adam ôta sa main du bras de Megan et bondit sur ses pieds.

Il avait dû comprendre de travers. Il avait forcément mal entendu.

— Qu'est-ce que tu as dit ?

Elle plongea la main dans son sac, en sortit son téléphone et le manipula tout en parlant.

— Il a deux ans. Il s'appelle Cole.

Elle lui tendit son téléphone, où s'affichait la photo d'un petit garçon.

— C'est lui.

Adam y jeta à peine un regard.

— Tu es tombée enceinte, et tu ne m'as rien dit ?

S'agitant à travers le salon, il faillit trébucher sur ce fichu carton de documents et de photos.

— C'est une plaisanterie ? demanda-t-il, les poings serrés. Je ne peux pas avoir conçu un enfant. J'ai toujours été prudent.

Deux taches rouges coloraient les joues de Megan, tranchant avec son visage livide.

— Comment aurais-je pu te contacter, Adam ? Tu m'avais dit que tu ne reviendrais jamais. Je n'avais même pas un numéro où te joindre.

— Tu aurais pu essayer celui de l'USMC. Figure-toi que l'armée possède les coordonnées de ses membres, aussi curieux que cela paraisse.

Il réalisa qu'il hurlait. Le sarcasme et les reproches dont sa mère l'assaillait et qu'il s'était juré de ne jamais faire subir à personne, voilà qu'il les assénait à Megan. Et, contrairement à sa mère, il n'avait pas l'excuse d'être ivre.

— Oui, j'aurais pu, reconnut Megan. Et ensuite ? Qu'aurais-tu fait ? Tu m'aurais demandé de m'en débarrasser ?

Elle hurlait à son tour.

— On ne le saura jamais, répliqua-t-il, puisque tu n'as pas eu la décence de me le dire.

Surpris d'entendre un petit gémissement, il tourna la tête vers Ellie et vit qu'elle s'était recroquevillée sur sa couverture, la tête dans ses pattes. Bien joué ! Il avait fait peur à une pauvre bête blessée et craintive.

Il n'était même pas capable de s'occuper correctement d'un chien. Comment pourrait-il être un père digne de ce nom ?

Megan fit un effort visible pour se contrôler.

— Je te le dis maintenant, parce que Cole a besoin de son père pour le protéger si je suis arrêtée.

La douleur dans sa poitrine fit à Adam l'effet d'une pierre dont on l'aurait lesté pour l'entraîner vers le bas, vers un lieu profond et obscur d'où toute évasion serait impossible.

Il avait passé toute sa vie à éviter ce qui pouvait ressembler de près ou de loin à une famille.

D'accord, il existait entre les membres de son unité une forme de fraternité. Il avait dirigé des équipes dont il avait tenu la vie entre ses mains. Mais il s'agissait d'adultes qui savaient encaisser les coups durs.

Là, c'était différent.

Il ne voulait pas se voir confier la responsabilité d'un enfant qu'il pouvait détruire avec des mots, des regards et de longs silences accusateurs rompus seulement par des hurlements d'ivrogne.

Se pinçant l'arête du nez entre le pouce et l'index, il s'exhorta à se ressaisir.

— Comment as-tu pu me faire ça, Meg ? demanda-t-il en laissant retomber sa main pour observer la femme qu'il croyait connaître. Tu savais que je ne voulais pas d'enfant. Jamais.

Elle lui rendit son regard accusateur.

— Je ne suis pas tombée enceinte par l'opération du Saint-Esprit.

— Je fais toujours attention, répéta-t-il, buté.

— À part une fois. Tu te souviens quand tu as fait un cauchemar, après l'enterrement de tes parents ? Je t'ai réveillé, et nous avons fait l'amour.

Il avait envie de nier, de dire qu'elle se trompait, mais il s'en souvenait parfaitement.

— Mais bon sang, Meg, comment as-tu pu laisser ça se produire ? La seule fois où j'ai oublié, tu aurais pu prendre tes responsabilités.

— J'ai pris mes responsabilités à la seconde où j'ai découvert que j'étais enceinte. Et, tu sais quoi ? Cole est ce qui m'est arrivé de mieux dans la vie. Pas une erreur, mais le plus grand des bonheurs. Cependant, aujourd'hui, il a besoin d'un père. Sinon, il risque d'être placé dans un foyer si je suis arrêtée.

— Tu n'exagères pas un peu ? Et ta mère ? En général, quand il y a des grands-parents, les enfants sont placés chez eux.

— Je ne veux pas prendre de risques. Tu es son père, c'est à toi de t'occuper de lui.

Adam chercha un moyen de se défiler.

— Je suis un étranger. Cet enfant ne me connaît pas.

Se passant la main dans les cheveux, il opta finalement pour la franchise.

— Je ne veux pas être père.

Megan se campa devant lui, tout son corps raide de colère, les yeux étincelants de fureur.

— Ne t'avise jamais de dire ça devant Cole. Tu m'entends, Adam ? Tu peux me crier dessus, tu peux me haïr jusqu'à ton dernier jour, mais tu ne feras pas de mal à notre fils avec des commentaires de ce genre.

Il ne répliqua pas. Il savait qu'elle avait raison. C'était à Megan qu'il en voulait, pas à l'enfant.

— Tout ce que je te demande, c'est de t'occuper de lui si je suis arrêtée. En échange, je suis prête à m'engager à ne jamais te réclamer de pension alimentaire, si c'est ce que tu veux.

— Arrête, Megan. Il ne peut pas être question de marchandage quand il s'agit d'un enfant.

Rien de tout cela n'était la faute de Cole. Adam devait penser à l'intérêt de l'enfant, le sortir de ce pétrin… avant de sortir de sa vie.

— Je vais le faire.

Megan relâcha ses épaules, qu'elle avait gardées crispées durant toute la discussion.

— Merci.

— Je ne le fais pas pour toi.

Elle hocha la tête.

— Je sais.

— Je vais consulter un avocat pour mettre en place une pension alimentaire.

— Je n'en veux pas.

— Je me moque de ce que tu veux. J'ai cessé de me soucier de toi à la seconde où j'ai appris que tu m'avais caché ta grossesse.

Les émotions déferlaient en lui et il avait le plus grand mal à garder son self-control.

— La pension n'est pas pour toi. C'est pour l'enfant. Et je vais modifier mon testament.

— Très bien.

Elle prit son sac, se dirigea vers la porte et l'ouvrit.

Là, elle hésita, se tourna vers Adam.

Le soleil auréolait sa chevelure d'or. Avec son expression de vulnérabilité et son regard triste, sa beauté avait quelque chose d'émouvant.

Mais Adam ne voulait pas se laisser fléchir. Rigide, glacial, il se cramponnait à sa colère.

— Il serait peut-être préférable que tu rencontres Cole pour qu'il s'habitue à toi. Il faudrait aussi que tu te familiarises avec la maison. Dès que j'aurai fait installer un système de sécurité, je te donnerai le code.

Tout à sa colère, Adam avait complètement oublié qu'une menace pesait sur Megan. Et par ricochet, sur leur fils.

— Je m'installe chez toi, décida-t-il. Aujourd'hui.

Il s'occuperait également de sécuriser sa maison. Après tout, c'était son métier.

Elle le regarda comme s'il avait perdu la raison.

— Je n'ai peut-être aucune chance de décrocher le titre de père de l'année, dit-il en croisant les bras, mais je suis quand même capable de protéger mon fils et sa mère.

10

Megan était vidée émotionnellement quand elle arriva chez sa mère.

Laissant sa voiture dans l'allée, elle se dirigeait vers la porte d'entrée, quand Catherine Sullivan et Cole sortirent de la maison.

Le visage de son fils s'illumina quand il la vit, et il commença à trottiner vers elle en levant les bras.

— Hé, mon petit bonhomme. Tu es prêt à aller à la bibliothèque ?

Megan s'accordait deux mercredis de congé par mois pour emmener son fils à la bibliothèque. Cole adorait qu'on lui lise des histoires et, généralement, ils passaient toute la journée ensemble. Ce matin-là, elle avait demandé à sa mère de le garder pour pouvoir rendre visite à Adam.

— Ça va ? demanda Catherine en posant la main sur l'épaule de sa fille.

— Il le faut bien.

— Si tu veux, je peux emmener Cole à la bibliothèque. Ça te laissera le temps de décider si c'est vraiment une bonne idée qu'Adam s'installe chez toi. Tu sais que tu peux venir vivre quelque temps à la maison avec Cole.

Cole pressa un gros baiser mouillé sur sa joue, l'arrachant à sa morosité.

Alors qu'elle observait l'adorable visage tellement débordant d'amour de son fils, elle réalisa qu'elle n'avait pas le droit de le priver de son père.

Elle devait essayer. Même si elle avait gâché toutes ses chances d'avoir une quelconque relation avec Adam, elle devait donner une chance au père et au fils de se découvrir.

— Ça va aller, répondit-elle à sa mère. Adam nous protégera en attendant que je découvre comment lutter contre Nathan.

Catherine lui pressa affectueusement l'épaule.

— Je n'ai pas envie que tu souffres. Cela dit, je crois que tu as pris la bonne décision.

— Tout ce qui compte, c'est le bonheur de Cole, déclara Megan.

S'adressant à son fils, elle ajouta :

— Tu veux aller à la bibliothèque avec grand-mère ?

Il tendit ses petits bras vers Catherine.

— Je crois que ça veut dire oui, dit Megan en riant.

Lorsque Logan et Adam eurent fini de changer les serrures et d'installer un système de sécurité avec des détecteurs de mouvement, Adam connaissait la maison de Megan comme sa poche.

C'était un endroit chaleureux et décoré avec goût, composé de trois chambres, d'une grande pièce à vivre ouverte, avec une cuisine américaine, et d'une véranda jonchée de jouets.

Mais il n'avait toujours pas vu son fils.

Cole était allé à la bibliothèque avec sa grand-mère, puis il avait fait la sieste chez elle. Megan était allée le chercher.

Nerveux, il se mit à arpenter l'espace entre la porte-fenêtre menant à la terrasse et les bibliothèques au fond de la pièce. Sur l'un des murs s'alignaient des photos de Cole (avec sa mère, sa grand-mère, jouant avec Max).

La tension nouait ses épaules et il commençait à avoir mal à la tête. Il ne savait pas comment se comporter et redoutait ce qu'il allait ressentir.

Max courut soudain à la porte en agitant la queue avec enthousiasme.

Adam pivota en essayant de s'armer de courage. Il allait d'abord rencontrer l'enfant, évaluer la situation, puis mettre en place une stratégie. C'était comme ça qu'il avait l'habitude de fonctionner quand il était dans l'armée.

La porte s'ouvrit, et Megan entra, leur fils dans les bras.

Le regard rivé sur eux, Adam resta tétanisé par une sensation de peur comme il n'en avait jamais ressentie, même sur les pires champs de bataille.

Cole avait les cheveux bruns, légèrement ondulés. Son visage rond se fendit d'un large sourire tandis qu'il se penchait en avant dans les bras de Meg, en criant avec enthousiasme « Max ! »

Meg se pencha pour déposer l'enfant au sol. Immédiatement, il jeta les bras autour du cou du chien. Curieuse, Ellie trottina vers le duo et tendit prudemment le cou pour renifler le nouveau venu.

Cole la regarda et gloussa d'une nouvelle excitation.

— Toutou !

Il se jeta sur Ellie qui vint aussitôt se réfugier derrière Adam, se collant à ses jambes. Le petit Cole suivit la chienne en criant de joie.

Une émotion puissante étreignit la poitrine d'Adam. À l'exception des yeux, qui étaient ceux de Megan, l'enfant ressemblait de façon bouleversante à ces photos dans le carton qu'il n'avait pas le courage de regarder.

Il était le portrait de Brady.

Megan souleva Cole dans ses bras avant qu'il n'arrive jusqu'à la chienne apeurée.

— Doucement, mon poussin. Elle s'appelle Ellie, et elle a un petit peu peur. Il faut être gentil avec elle.

Puis elle leva les yeux vers lui.

— Adam ?

Il avait l'impression que la maison se refermait sur lui, le privant d'oxygène.

Bon sang, comme il aurait voulu pouvoir prendre ses jambes à son cou. Mais il avait un travail à terminer à Raven's Cove, et il devait s'assurer qu'il n'arrive rien à Cole et à sa mère.

Surmontant son appréhension, il agita la main vers le petit garçon.

— Coucou, bonhomme.

Son fils le dévisagea avec de grands yeux.

— Tu veux caresser la gentille Ellie ? proposa-t-il.

L'enfant hocha la tête et se tortilla dans les bras de Megan qui le posa au sol et lui tint la main.

Adam s'accroupit à côté d'Ellie et passa le bras autour d'elle pour la maintenir, au cas où. La chienne n'était pas encore tout à fait guérie, et on ne pouvait pas prévoir ses réactions.

Ellie se plaqua contre lui et leva ses grands yeux inquiets.

— Tout va bien, Ellie, dit-il d'une voix apaisante. Tu es une gentille fille.

En réponse, le mouvement enthousiaste de sa queue lui frappa le dos.

— Vas-y, Cole, encouragea-t-il l'enfant.

Le petit garçon le regarda, et il ressentit un étrange pincement à la poitrine.

Guidé par sa mère, Cole avança prudemment la main pour que la chienne la renifle. Quand le museau humide lui chatouilla les doigts, il rit aux éclats et s'assit sur le sol.

Rampant craintivement sur le ventre, Ellie s'avança et posa sa jolie tête sur les petites jambes dodues de l'enfant qui se mit à la caresser et la grattouiller, se pliant en deux au-dessus de son cou pour lui faire un gros câlin sous le regard attentif de Megan qui se tenait prête à intervenir en cas de problème.

Max, le berger allemand, semblait se désintéresser de la scène. Couché un peu plus loin, il se léchait consciencieusement une patte avant.

Son fils ne lui prêtait aucune attention. Adam en fut contrarié à un point qui le surprit. Il restait accroupi là, se sentait comme un intrus mais craignait qu'Ellie ne le suive s'il se relevait et s'éloignait.

Il finit par se redresser le plus lentement possible. Ellie le suivit des yeux, mais resta avec Cole.

Le visage souriant, Megan inclina la tête vers celle de l'enfant. Le soleil qui entrait à flots par la fenêtre embrasa d'or sa chevelure.

Adam jura en son for intérieur. Voilà que cette étrange sensation le reprenait.

Un seul mot lui venait à l'esprit : « tendresse », et ça ne lui plaisait pas du tout.

Il lui avait fallu du temps pour apprendre à ne plus rien ressentir. Sans cela, il n'aurait jamais pu continuer à vivre après la mort de Brady. Ses parents refusaient de parler de lui, sauf quand ils étaient ivres, et alors venaient les reproches et les cris.

Le silence était préférable. Ne rien ressentir était préférable. C'était la seule façon de survivre.

Megan se redressa et s'approcha de lui.

— Cole adore les chiens.

— Ça se voit.

— Ne t'inquiète pas, il s'habituera à toi.

Il la regarda, vit les cernes autour de ses yeux et la tension qui vibrait au fond de ses prunelles.

— Tu ne me l'aurais jamais dit, n'est-ce pas ? demanda-t-il à voix basse. Si tu n'avais pas été dans un tel pétrin, tu ne m'aurais jamais parlé de lui.

Elle pinça les lèvres, glissa un regard vers Cole et reporta son attention sur Adam.

— J'allais te le dire. Après ce qui s'est passé samedi...

Elle serra les bras autour de sa taille.

— Je t'ai appelé, mais tu n'as pas répondu. J'ai eu ton message disant que tu n'étais pas en ville.

— Tu n'as pas précisé que c'était important.

Elle lui lança un regard agacé.

— Tu fais toujours ça, grinça-t-elle entre ses dents. Tu te refermes, comme tu l'as fait samedi soir, et puis tu t'en vas.

Il prit son reproche de plein fouet.

À un moment, quand il l'avait retenue sur le seuil du cottage, il avait eu envie de lui dire... certaines choses. Mais les mots n'avaient pas voulu franchir ses lèvres. Et c'était mieux comme ça.

— J'avais une raison professionnelle, Meg.

Elle se crispa.

— Cole est trop petit pour comprendre que le travail puisse passer avant lui. Alors je te conseille de réfléchir à ce que tu fais ici, à part jouer les héros.

Elle reprit son souffle, dardant sur lui un regard assombri.

— Tu n'as pas intérêt à le rendre dépendant de toi, pour t'évanouir dans la nature quand tu en auras assez.

Il lui rendit coup pour coup.

— C'est toi que j'ai quittée, pas lui. Je ne savais pas qu'il existait.

Elle blêmit et lui tourna le dos. Aussitôt, il s'en voulut de lui avoir parlé si durement. C'était de cette façon que sa mère s'adressait toujours à lui. Il savait combien ça faisait mal.

— Je dois y aller, annonça-t-il.

Sans répondre, elle commença à se diriger vers Cole.

Adam la saisit par le bras et la retint.

— J'ai laissé les clés des nouvelles serrures sur la table de la cuisine.

— Tu as changé les serrures aussi ?

— Je ne veux prendre aucun risque avec la sécurité de Cole. J'ai aussi parlé à Nathan. Je lui ai dit que j'allais essayer de retrouver son chien. Il est inquiet. Apparemment, Celtic ne va pas tarder à avoir ses chaleurs.

Megan tiqua.

— Et il veut la faire saillir.

— Oui.

Elle secoua la tête.

— La gestation risque de la tuer.

Le regard d'Adam s'étrécit.

— Megan, ne me dis pas…

Elle libéra son bras d'un mouvement brusque.

— Je ne l'ai pas enlevée, Adam. Je ne sais pas qui l'a fait.

— Au moins, si je la retrouve, nous pourrons t'innocenter.

— Et tu seras libre de retourner à Los Angeles.

— C'est là que se trouve ma société. Il faut que je rentre après le tournoi de samedi.

Il marqua une pause, cherchant ses mots.

— Je ne sais pas comment on fait pour être père, mais je trouverai le moyen de…

Il hésita. Cela dépassait son domaine de compétences, et il n'aimait pas être mis en échec.

— Le moyen de quoi ? demanda Megan d'une voix douce.

Il secoua la tête.

— Tu as eu neuf mois de grossesse pour t'habituer à l'idée. Je n'ai même pas eu un jour. Laisse-moi un peu de temps.

— Cole, ne touche pas aux croquettes du chien !

Megan posa le café auquel elle n'avait pas touché et se précipita vers son fils. Il avait pris une poignée de croquettes et les portait à sa bouche.

— Arrête ! ordonna-t-elle, au moment où Adam entrait dans la pièce.

Il souleva l'enfant d'un bras et bloqua de l'autre main le petit poing renfermant les croquettes.

— Oh non, champion, dit-il. Ce n'est pas bon pour toi.

Cole écarquilla les yeux et parut soudain tout intimidé.

Megan stoppa net, médusée de voir Cole dans les bras d'Adam.

Rien que de le voir en bas de pyjama, le torse et les pieds nus était déjà une image surprenante. Mais avec leur fils de deux ans dans les bras…

— Remets les croquettes à leur place, dit Adam en se penchant.

Cole ouvrit la main et les croquettes cascadèrent dans le bol d'Ellie.

— Bravo bonhomme, dit Adam en se redressant, son fils calé sur la hanche. Ça lui arrive souvent de faire ça ? ajouta-t-il en s'adressant à Megan.

Megan avait l'impression que sa voix l'avait désertée. Adam était tellement… sexy.

Les cheveux en bataille, une ombre de barbe sur les joues, les paupières encore lourdes de sommeil, sans attendre de réponse, il se dirigea vers le réfrigérateur, tenant toujours l'enfant contre lui.

Il ouvrit la porte et grimaça avec exagération.

— Il n'y a que de la nourriture de fille.

— Fille, répéta Cole.

— Tu as quelque chose pour des garçons ?

— Garçon, approuva Cole, en sautillant contre le flanc d'Adam.

Qu'était-il arrivé à l'Adam râleur et boudeur de la veille ? Elle connaissait cette attitude drôle, charmante, sexy, mais elle ne l'avait pas vue depuis longtemps.

— Les garçons qui ont envie de manger n'ont qu'à se débrouiller, répliqua-t-elle.

Elle désigna la cuisine d'un large mouvement de bras.

— Fais comme chez toi.

Adam sourit à Cole.

— Comment on va faire ? Tu sais cuisiner, toi ?

L'enfant gloussa, et Adam lui ébouriffa les cheveux avant de sortir des œufs et du lait du réfrigérateur.

Megan reprit sa tasse et but finalement sa première gorgée de café. Un pur bonheur !

Adam donna à Cole une cuillère en bois à tenir, pendant qu'il rassemblait d'autres ingrédients.

— Euh… ça peut être dangereux, protesta Megan.

— Bah, ce n'est que du bois. Il ne risque pas de… Aïe !

Cole venait de le frapper à la mâchoire avec la cuillère qu'il agitait avec enthousiasme.

— Du calme, mon grand, dit Megan, en se précipitant pour récupérer son fils.

Le dos de sa main effleura la peau nue d'Adam. Elle se figea, l'estomac soudain envahi de picotements.

Puis Cole tendit ses petits bras potelés vers elle, et son trouble s'évanouit pour laisser place à un dégoût d'elle-même.

Adam la détestait. S'il faisait des efforts, c'était uniquement pour le bien de Cole. Après tout, ils seraient désormais unis pour toujours à travers leur fils.

Sauf si Adam partait et ne revenait jamais.

Le cœur lourd, elle serra plus étroitement son fils contre elle.

— Je dois me préparer pour aller travailler. Cole prendra son petit-déjeuner chez maman.

Lorsque Megan revint à la cuisine quinze minutes plus tard avec Cole, elle fut surprise de voir la table dressée pour deux personnes, en plus de la chaise haute de Cole.

— Ah, te voilà ! Viens déjeuner.

Adam posa la poêle d'œufs brouillés sur la table, où se trouvaient déjà des toasts et des fruits.

— Est-ce que Cole mange des toasts ?

Tandis qu'elle installait son fils dans sa chaise haute, Megan se rendit compte qu'elle avait une faim de loup.

— Il aime qu'on les coupe en quatre triangles.

Adam s'exécuta aussitôt, puis se pencha pour déposer le pain toasté sur la tablette de Cole.

Megan eut un mouvement de recul.

L'odeur et la chaleur du corps d'Adam menaçaient de faire effondrer le mur de défense qu'elle avait tant bien que mal essayé d'ériger autour d'elle depuis leur dernière dispute.

C'était plus fort qu'elle, elle avait envie de cet homme. Et pas seulement sur un plan physique. Elle voulait tout de lui, son côté charmant et son côté sombre. Celui qu'il refusait obstinément de partager avec elle.

Elle se déplaça pour aller s'asseoir, sentant le regard d'Adam sur elle.

— Merci d'avoir préparé le petit-déjeuner.

Au début, elle aida Cole à manger ses œufs à la cuillère, mais elle perdit la bataille et laissa l'enfant continuer avec ses mains.

Adam posa sa fourchette.

— Je n'ai pas pu trouver trace de Celtic. La seule chose que j'ai pu établir, c'est que le système d'alarme de Nathan avait été désactivé.

Megan sentit son estomac se nouer. Elle s'était inquiétée toute la nuit à propos de tout et en particulier de Celtic.

— Je suis persuadée qu'elle n'a pas été volée mais que Nathan la cache pour me nuire.

Adam eut une moue dubitative.

— Ça m'étonnerait que Nathan perde son temps à ça. D'abord, il risque de perdre de l'argent si Celtic n'a pas très vite une portée. En outre, il est très occupé avec l'organisation du tournoi. Un scandale risquerait d'effrayer les sponsors et les célébrités attendues.

— Il a quand même essayé de me soudoyer. Et il m'a menacée quand j'ai refusé.

Est-ce qu'Adam la croyait ? Si la rumeur se répandait, les gens allaient commencer à parler. Elle perdrait des clients.

— Je me suis également entretenu avec Debbie, continua Adam. Elle n'a pas l'air d'avoir la chienne. Mais est-ce que tu connaîtrais un endroit où elle pourrait la cacher ?

Megan se massa le front, sentant monter un mal de tête.

— Non. Je ne la connais pas très bien. Je ne sais même pas où elle vit aujourd'hui.

— Mais tu es déjà allée chez Nathan quand ils étaient mariés.

Elle releva la tête, piquée au vif. Se rappelant la présence de Cole, elle conserva un ton mesuré.

— Je n'ai pas enlevé Celtic.

— Je te crois, Meg. J'essaie simplement d'y voir clair. Debbie aurait pu s'introduire chez Nathan, je suppose, et la chienne l'aurait suivie. Je vais la faire surveiller. On ne sait jamais, elle pourrait nous conduire à Celtic.

— Ça m'étonnerait qu'elle y soit pour quelque chose. Elle aurait trop à y perdre. Avant que cette histoire n'éclate, elle était assurée d'en obtenir la garde.

— Tu as sans doute raison, mais je ne veux négliger aucune piste.

Megan se sentit soulagée. Elle était persuadée qu'Adam excellait dans son travail et qu'il finirait par tirer cette affaire au clair.

— Merci, dit-elle. Pour ton aide. Pour tout. Je sais que tu m'en veux, j'apprécie d'autant plus les efforts que tu fais pour Cole.

— Je fais de mon mieux, Meg. J'ignore tout de la façon dont un bon père doit se comporter. Mais je sais au moins qu'il est préférable pour lui que nous maintenions une relation cordiale.

Cordiale. Ce n'était pas exactement ce dont elle avait rêvé.

11

Megan avait toujours à l'esprit le changement d'attitude d'Adam quand elle entra sur le parking de son cabinet vétérinaire. Sa bonne humeur se dissipa dès qu'elle aperçut les deux voitures de patrouille.

Son pouls s'accéléra brutalement tandis qu'un mauvais pressentiment la saisissait. Ça ne pouvait pas être une coïncidence.

À son arrivée, quatre agents en uniforme se tournèrent vers elle. Étaient également présentes Jillian, la réceptionniste, Trina, son aide-vétérinaire, et Dara, l'assistante technique. Son cabinet était exclusivement féminin, n'en déplaise à ce misogyne de Lawrence Hamilton qui criait à l'incompétence.

Les policiers avaient-ils interrogé ses employées à son sujet ? Seraient-ils venus à quatre uniquement pour poser des questions ?

Elle se gara, attrapa son sac et descendit de voiture. Les policiers la suivirent des yeux, tandis que ses employées regroupées très près les unes des autres semblaient inquiètes.

Tout en traversant le parking, Megan balaya du regard le bâtiment d'un étage en briques qu'elle louait, et tenta de comprendre la situation. Les fenêtres en façade paraissaient intactes. La porte était toujours verrouillée.

En s'approchant du groupe, elle reconnut John et son coéquipier, ainsi que le shérif Nadine Bolen, avec qui elle était allée à l'école. Le quatrième agent lui était inconnu.

— Bonjour, dit-elle en s'efforçant de masquer sa confusion. Il y a un problème ?

— Docteur Young, dit Nadine, nous avons un mandat de perquisition.

La façon formelle dont Nadine s'était adressée à elle alerta Megan. Mais le reste de la phrase était encore plus inquiétant. On voyait ce genre de situation dans les séries télévisées, pas dans une petite ville bien tranquille comme Raven's Cove.

— Tu es sérieuse ? demanda-t-elle.

Nadine lui tendit le document.

— C'est écrit ici. Veuillez ouvrir la porte, docteur.

Megan farfouilla dans ses clés, jusqu'à ce qu'elle trouve la bonne.

Une forte odeur d'urine lui monta au nez dès qu'elle poussa la porte.

Ce n'était pas normal. Elle n'avait pas pratiqué d'intervention récemment, et aucun animal ne se trouvait sous surveillance dans le chenil.

— Écartez-vous, dit le shérif avant d'entrer d'une démarche de hussard dans le bâtiment, flanquée de ses hommes.

Megan regarda tour à tour ses employées.

— Qu'est-ce que cela signifie ? Il n'y a pourtant pas d'animaux ici.

Elles ouvraient toutes de grands yeux, aussi confuses qu'elle. Trina était livide, mais elle parvint à secouer négativement la tête. C'était elle qui était chargée de passer la nuit sur place quand il fallait surveiller un animal malade.

Complètement désemparée, Megan ne vit qu'une personne capable de l'aider.

Adam.

Aussitôt, elle s'empara de son portable dans son sac et l'appela.

Tandis que l'appareil sonnait, elle regarda la zone de réception, avec ses chaises confortables et son sol carrelé, facile d'entretien. Des photos d'animaux étaient accrochées aux murs, ainsi que la « charte du bon maître » expliquant en dix règles simples ce dont un chien avait besoin. Elle adorait son métier. Prendre soin des animaux comblait un vide en elle.

— Meg ? Quelque chose ne va pas ? demanda Adam en décrochant.

— La police est là avec un mandat de perquisition. Je crois…

Nadine et ses agents revenaient de l'arrière du bâtiment. L'un des hommes tenait Celtic en laisse.

L'espace d'une seconde, l'esprit de Megan se vida. Puis une peur terrible lui noua le ventre.

— Ils viennent de trouver Celtic. Elle était dans mon bureau.

— Docteur Young, dit le shérif d'une voix ferme. Vous êtes en état d'arrestation. Posez votre téléphone et tournez-vous.

— Surtout ne dis rien, lui conseilla Adam au téléphone, tandis que le shérif décrochait la paire de menottes à sa ceinture. Je te retrouve au poste de police.

— Et Cole ?

— Je m'occupe de lui. Ne t'inquiète pas pour lui. Raccroche, maintenant, et n'oppose aucune résistance.

John s'interposa.

— Shérif, les menottes sont-elles vraiment nécessaires ?

— Regardez dehors.

Megan regarda l'agent se diriger vers la fenêtre et entrebâiller le store.

— La barbe ! s'exclama-t-il. La presse locale est déjà là.

— C'est pourquoi je vais suivre le règlement à la lettre, expliqua Nadine. Docteur Young, veuillez placer vos mains dans votre dos.

Le métal froid enserra ses poignets, et le cliquetis des serrures lui fit l'effet d'une détonation dans le silence du hall.

Les larmes aux yeux, elle écouta Nadine lui lire ses droits.

— Docteur Young, avez-vous compris ?

Adam lui avait dit de coopérer, aussi se força-t-elle à répondre.

— Oui.

— Alors, allons-y.

Baissant la voix, Nadine se radoucit.

— Un conseil d'amie, Meg, reste calme, regarde droit devant toi et ne t'occupe pas de la presse.

Quand Megan sortit, un soleil éblouissant l'obligea à cligner des yeux. Il lui sembla injuste qu'il puisse faire aussi beau alors que sa vie était à ce point bouleversée.

— Pourquoi avez-vous enlevé Celtic ? cria un journaliste pendant qu'un photographe prenait des clichés en rafale.

Elle se mordit l'intérieur de la joue, refoulant son envie de se défendre.

Elle aurait voulu crier qu'elle n'avait rien fait, qu'elle avait été piégée.

Mais qui la croirait ? Celtic avait été retrouvée dans son bureau. Ce qui d'ailleurs était ignoble. Qui pouvait être assez cruel pour laisser cette pauvre chienne toute seule la nuit dans un endroit qui ne lui était pas familier ?

Son esprit ne connaissait pas de répit tandis qu'elle se forçait à mettre un pied devant l'autre. L'humiliation brûlait en elle comme une fournaise, la faisant transpirer.

Elle était certaine que son visage était écarlate. Les gens y verraient-ils un signe de culpabilité ?

— Votre mère envisage de se présenter aux élections locales. Que pense-t-elle de ce que vous avez fait ? insista le journaliste.

Megan toisa l'homme. Comment osait-il impliquer sa mère ? Quel sombre idiot ! Elle ouvrit la bouche pour le remettre à sa place et se ravisa.

Nadine lui ouvrit la portière arrière de la voiture de patrouille et l'aida à prendre place sur la banquette.

L'instant d'après, elle était en route pour la prison.

Au moins, sa détention avait été de courte durée, se consola Megan quelques heures plus tard.

C'était bien la seule chose dont elle pouvait se réjouir. La police avait mis son cabinet vétérinaire sens dessus dessous. Elle allait devoir se retrousser les manches pour tout remettre en place.

— Mais qu'est-ce qu'ils pouvaient bien chercher ? demanda-t-elle entre exaspération et accablement.

— Des preuves, répondit Adam d'un ton neutre. Comme il n'y a pas eu d'effraction, cela veut dire que la personne qui a déposé Celtic dans ton bureau avait les clés.

— Ce n'est pas moi, bon sang ! gémit-elle. Je n'ai pas fait ça !

— Je sais.

Il n'avait pas relevé les yeux de son ordinateur portable. Il était en train d'accéder au serveur à distance sur lequel Megan avait enregistré une sauvegarde de tous les dossiers de son cabinet. La police avait emporté les ordinateurs, mais il leur restait heureusement cette solution.

— Excuse-moi, dit Megan en soupirant. Je n'aurais pas dû m'emporter.

Adam était arrivé au poste de police peu après Megan. Tandis qu'on relevait ses empreintes et qu'on la prenait en photo, il avait appelé Eve Tate, une avocate avec qui il avait eu l'occasion de travailler, et celle-ci avait obtenu qu'elle soit relâchée.

Cela avait pris quelques heures, mais elle était libre.

Pour le moment.

— Merci de m'avoir aidée. Tu me diras quels sont les honoraires de l'avocate pour que je te rembourse.

Elle avait très peu d'économies, mais elle n'aimait pas être redevable.

— Non.

— Mais enfin, Adam, pourquoi ?

Il rabattit l'écran de l'ordinateur et déplia sa haute silhouette.

— Tu n'as pas d'argent. Moi j'en ai. C'est aussi simple que ça. Ne cherche pas à me faire sortir de mes gonds. Ce n'est pas le moment.

Passant devant elle, il disparut dans le couloir. Elle le retrouva dans la salle d'attente vide. Le cabinet était fermé pour la journée. Jillian, toujours aussi efficace, avait reporté tous les rendez-vous.

Un bras tendu contre le mur, les épaules basses, Adam essayait visiblement de se calmer.

— Adam, que se passe-t-il ?

Il se redressa et se retourna vers elle.

— J'ai regardé tes comptes. Tu as dû te battre pour joindre les deux bouts.

— Ça n'a pas été si dur que ça. Et aujourd'hui, je m'en sors très bien.

— Tu parles ! Tu étais dans le rouge après la naissance de Cole. Tu as dû prendre un deuxième emploi.

— Seulement pendant quatre mois. Ma clientèle n'était pas encore formée, et je devais rembourser mon prêt étudiant. J'ai travaillé deux fois par semaine en équipe de nuit dans la clinique de Lawrence jusqu'à ce que je me sois remise à flot.

Il se rapprocha d'elle, la mâchoire crispée, le regard courroucé.

— Tu as demandé de l'aide à un autre homme que moi pour élever mon fils ! dit-il d'un ton accusateur.

— Ça ne s'est pas passé comme ça, protesta Megan. Je travaillais pour lui. Je ne lui ai pas demandé de me donner de l'argent.

— Mais en fait, si tu ne m'as rien demandé, c'est parce que tu as pensé que je ne voudrais pas t'aider. Je me trompe ?

Megan décida qu'il était temps de tout lui dire. Évoquer son enfance ne lui était pas facile, mais elle ne voulait pas qu'Adam se méprenne à son sujet.

— Je suis désolée. J'avais peur.

Adam la dévisagea sans comprendre.

— Peur de quoi ?

— Mon père a quitté la maison quand j'avais quatre ans. Ma mère a entamé une longue bataille juridique pour obtenir qu'il paie une pension alimentaire. Il me détestait et me reprochait chaque centime que je lui coûtais. Tu aurais dû lire les commentaires affreux qu'il joignait aux chèques. Je ne voulais pas que Cole vive la même chose.

Croisant les mains dans le creux de son dos, elle prit appui contre le mur.

— Écoute... Quand tout sera fini, je ne m'opposerai pas à ce que tu paies une pension pour Cole si tu le souhaites. Si tu veux être présent dans sa vie, participer aux décisions... très bien. Mais je ne peux pas accepter que tu règles la note de mon avocate.

— Si, tu peux accepter. Parce que je ne veux pas que la mère de Cole soit piégée et détruite. Il n'est pas question non plus que tu prennes à nouveau un second emploi alors que notre fils a besoin de toi.

Touchée de voir combien Adam était soucieux du bien-être de Cole, Megan accepta finalement sans plus se faire prier.

— Bien, déclara Adam. Il est temps de se remettre au travail. Nous allons commencer par nettoyer ce capharnaüm, puis je mènerai ma petite enquête sur toutes les personnes qui t'entourent.

— Je continue à penser que c'est Nathan. Il a promis de me discréditer, de détruire mon activité. C'est ce qui est en train de se passer.

— Et comment un homme aussi reconnaissable que lui aurait pu se glisser dans ton bureau, fermé à clé, je te le rappelle, et déposer le chien sans que personne ne le remarque ?

— Qui d'autre pourrait m'en vouloir autant ?

— Je te retourne la question. Tu as eu un différend avec un client, une employée ? Quelqu'un est jaloux de toi ? Un ex-petit ami a mal digéré une rupture ?

Megan fit un effort de réflexion mais aucun nom ne lui vint.

À part celui de Nathan.

12

Le dos calé contre les oreillers, Adam était assis sur son lit. Couchée sur sa couverture, Ellie ronflait doucement, la tête posée sur les pattes.

Sur l'écran de son ordinateur portable posé sur ses genoux s'affichait le visage de Sienna.

— Bon, j'ai assez d'informations pour commencer à me renseigner sur les trois employées de Megan, dit-elle. Qui d'autre ?

— Hayden Sullivan.

Adam lui communiqua les informations qu'il avait trouvées dans les dossiers de Megan.

— Le mari de sa mère ? dit Sienna avec une petite moue.

Adam ne releva pas.

Ancien entrepreneur, à la retraite depuis peu, Hayden vivait à proximité du cabinet vétérinaire et pouvait facilement accéder à la maison de Megan. De plus, il s'occupait régulièrement de Cole. Adam voulait être certain que son fils n'était pas en danger avec lui.

— Le Dr Lawrence Hamilton, dit-il ensuite. Il possède une grosse clinique vétérinaire, mais je ne connais pas sa date de naissance.

Cette information était nécessaire pour accéder à certaines données informatisées ; il se faisait fort de la trouver.

— Quel est son lien avec Megan ?

Il veut coucher avec elle. Ça énervait tellement Adam qu'il avait envie de lui casser ses dents trop blanches d'un bon coup de poing à la mâchoire.

— Il a été le professeur de Megan et elle a travaillé pour lui avant d'ouvrir son propre cabinet.

— Ils sont sortis ensemble ?

— Elle dit que non.

— Tu n'as pas l'air de la croire. Remarque, c'est compréhensible, étant donné qu'elle a déjà démontré qu'elle était une menteuse.

Adam lui lança un regard noir à travers la webcam.

— Ne parle pas comme ça de la mère de mon fils. Ce n'est pas une menteuse.

Sienna eut un sourire entendu.

— Bien, bien.

Adam réalisa qu'il s'était fait piéger.

— Et si tu faisais le travail pour lequel je te paye au lieu de te mêler de ma vie privée ?

— Il faudra t'y faire, mon cher. Tu n'as pas seulement embauché la meilleure des assistantes. En prime, tu as récolté une amie.

Levant les yeux, il prit le plafond à témoin en joignant les mains.

— Pourquoi moi ?

Sienna posa le crayon qui lui avait servi à griffonner quelques notes puis ôta ses lunettes.

— Parce que tu m'as ramassée à la petite cuillère après la mort de Trace et que tu m'as donné une raison de continuer à vivre. Vous tous, à l'agence, vous êtes comme ma famille, et je vous aime. Et toi, Adam, tu mérites de trouver l'amour et d'être heureux.

— Le travail me rend heureux. Ce n'est déjà pas si mal.

Sienna remit ses lunettes.

— Je vais voir ce que je peux trouver sur notre bon docteur. En attendant, je peux déjà te dire que Nathan McCray a été poursuivi pour harcèlement sexuel. Ça s'est terminé par un arrangement financier. Et il a divorcé deux fois.

Adam continuait à croire que ce n'était pas lui. Nathan en était capable, bien sûr, mais il avait trouvé une solution plus simple en demandant à Lawrence Hamilton de témoigner en sa faveur.

— Alors, dit-il. Et si nous revenions au tournoi de golf ?

La porte de sa chambre s'ouvrit à la volée. Ellie poussa un jappement de surprise et essaya de ramper sous le lit.

Megan traversa la chambre au pas de charge.

— Tu as vu ça ? demanda-t-elle en agitant le journal qu'elle tenait à la main.

Remarquant le comportement d'Ellie, Megan posa le journal sur le matelas et s'accroupit au pied du lit.

— Oh, mon pauvre bébé. Je ne voulais pas t'effrayer.

Ellie tendit timidement la tête et lui renifla la main.

— Allons, l'encouragea Megan tout en lui caressant doucement la tête, n'aie pas peur, ma belle.

Adam tendit le bras, attrapa le journal et le déplia.

Il eut un choc en voyant en pleine page à la une un cliché en couleurs de Megan menottée qu'on faisait monter dans une voiture de police. « Un vétérinaire local arrêté », clamait le titre.

Il lut rapidement l'article. On y mentionnait qu'aucune charge n'avait été retenue contre Megan, mais que le chien porté disparu avait été retrouvé dans son bureau.

— Maman me l'a apporté ce matin pour me le montrer, dit-elle en se redressant. C'est aussi sur le site internet du journal. Plus personne ne voudra me confier son animal.

Adam reporta son attention sur son écran.

— Sienna, je dois te laisser.

— À plus tard, patron.

Il coupa la communication et écarta son ordinateur pour se lever.

— Je crois que je vais aller dire deux mots à ce journaliste.

Reprenant le journal, il lut la signature.

— Un certain Derek Hahn.

— Pourquoi veux-tu lui parler ?

— Qui lui a dit de se trouver là ? Certainement pas la police.

— Je n'y avais pas pensé…

Elle marqua un bref temps de réflexion.

— Il a pu écouter la fréquence radio des patrouilles.

— Ils n'annoncent pas une perquisition à la radio de bord des voitures. Non, je pense que la personne qui l'a renseigné est la même que celle qui lui a signalé que tu étais corrompue.

— Tu as sans doute raison.

Après un silence, elle reprit, un peu gênée :

— Désolée d'avoir fait irruption comme ça. J'aurais dû frapper. Viens déjeuner. Maman est terriblement contrariée et, du coup, elle s'est mise aux fourneaux. Il paraît que ça l'aide à se calmer.

Adam n'allait pas refuser ça. Il suivit Megan à la cuisine, d'où s'échappaient de délicieuses odeurs qui lui mirent l'eau à la bouche.

— Bonjour, Catherine.

Il s'approcha pour l'embrasser et en profita pour jeter un coup d'œil dans la poêle.

— Vous avez fait des pancakes ? J'adore ça. Ils sont à quoi ?

— À la myrtille. Je voulais en faire d'autres aux pépites de chocolat, mais Megan m'en a empêchée.

— Maman, il y a déjà beaucoup trop à manger.

Elle se tourna vers Adam.

— Tu peux dire à Hayden et Cole de rentrer ? Ils sont à l'arrière avec Max. Moi, je vais donner ses croquettes à Ellie.

Adam fit coulisser la porte-fenêtre et marqua un temps d'arrêt sur la terrasse.

Hayden, un homme d'une petite soixantaine d'années, avait un genou dans l'herbe et un bras autour de Cole.

— Regarde bien le ballon, recule d'un pas et ensuite donne un coup de pied.

Cole leva les yeux vers l'homme et sourit. Hayden lui ébouriffa les cheveux, se leva et plaça le ballon devant Cole, sous les yeux attentifs du berger allemand, Max.

L'enfant suivit les instructions et envoya le ballon un peu plus loin.

Hayden exulta.

— Bravo, Cole ! Bien joué !

Max aboya et se mit à tourner en rond d'excitation, tandis que Cole se jetait dans les bras d'Hayden qui le fit tournoyer dans les airs.

Adam ressentit un curieux pincement au cœur devant cette scène attendrissante. Un autre homme que lui apprenait à son fils à taper dans un ballon. Ça ne lui plaisait pas, mais alors pas du tout.

Soudain, il réalisa qu'après son départ il n'y aurait personne pour apprendre toutes ces petites choses qui se transmettaient de père en fils. Il faudrait qu'il organise son emploi du temps pour rendre visite de temps en temps à Cole. Mais cela suffirait-il ?

Hayden l'aperçut et vint vers lui, le visage fermé.

— Adam, dit-il avec un bref signe de tête.

— Adam, répéta Cole, l'air espiègle.

En entendant l'enfant l'appeler par son prénom, Adam eut un choc. Ça non plus, ça ne lui plaisait pas.

— Hé, salut champion, lança-t-il avec enthousiasme. Prêt pour le petit-déjeuner ?

— Allez viens, Cole, dit Hayden, tandis que l'enfant hochait vigoureusement la tête. On va se laver les mains et goûter les pancakes de grand-mère.

Adam les regarda se diriger vers la maison. Il avait l'impression d'être un intrus. L'attitude glaciale d'Hayden envers lui ne lui avait pas échappé. Visiblement, l'homme savait qu'il était le père de Cole et lui reprochait de ne pas avoir assumé ses responsabilités. Mais était-ce sa faute si Megan ne lui avait rien dit ?

Envahi par un flot d'émotions contradictoires, il ressentit le besoin familier de prendre ses jambes à son cou. Il avait des choses à faire, après tout. Il pouvait très bien s'éclipser sous prétexte d'aller vérifier un détail de sécurité au country club.

Alors qu'il hésitait, la voix de Megan s'éleva.

— Non, je n'irai pas !

— Megan, tu dois y aller. Le barbecue au bord du lac est un événement familial. L'essentiel de mon programme concerne le soutien que je veux apporter aux familles. Tu es ma famille, et je veux que tu sois à mes côtés.

Adam entra dans la cuisine au moment où Megan secouait la tête d'un air buté.

— Non, ça ferait du tort à ta candidature. Si je suis là, les gens ne parleront que de mes ennuis judiciaires.

Catherine déposa au centre de la table une assiette contenant une pile impressionnante de pancakes.

— Tu as l'intention de te cacher, c'est ça ? J'imagine que tu ne comptes pas aller travailler non plus ? Ce n'est pas comme ça que je t'ai élevée.

Tandis qu'Hayden déposait tranquillement Cole dans sa chaise haute, Megan leva les yeux au ciel avec exaspération.

— Je t'ai vue ! commenta Catherine.

— Je ne me cache pas. Bien sûr que je vais aller travailler.

Pendant que Catherine disposait un plat de saucisses fumantes et un autre d'œufs brouillés sur la table, Megan remplit les tasses de café.

— Ce sera... inconfortable, reprit-elle. Certains clients vont déserter le cabinet, d'autres vont poser des questions et me regarder bizarrement... Ça, je peux l'assumer. Mais je ne veux pas gâcher tes chances de remporter cette élection, maman. Tu t'es tellement démenée pour en arriver là.

Catherine pressa affectueusement le bras de sa fille.

— Je suis fière de toi et de tout ce que tu as accompli. Je sais que tu n'as pas volé ce chien. Je te soutiendrai toujours, Megan. Tu vas nous accompagner au barbecue. Hayden et moi tenons à montrer à toute la ville que nous t'aimons et que nous avons confiance en toi.

— Ta mère a raison, dit Hayden en déposant au passage un baiser sur le sommet du crâne de Megan, avant de placer sur la tablette de Cole sa timbale en plastique remplie de lait et une petite assiette avec un pancake.

— Pourquoi est-ce que je perds mon temps à essayer de me disputer avec vous, soupira Megan. Même dans ma propre maison, je suis perdante.

Adam écarquilla les yeux.

Ça, c'était une dispute ?

Chez lui, l'ambiance oscillait entre silences de plomb et hurlements d'ivrognes.

Il vit que Cole, loin d'être perturbé par la conversation, mâchouillait consciencieusement son pancake.

Le petit garçon était heureux et en sécurité, ici. Il y avait toute sa place.

Celui qui n'avait rien à y faire, c'était Adam.

Adam ne parvenait pas à le retrouver.

Il avait plongé et plongé encore, jusqu'à ce que ses poumons soient en feu et que l'eau de mer brouille sa vision.

Il devait pourtant être là.

Aveuglé, il sonda l'eau de ses mains et de ses bras.

La panique lui broyait le cœur. Où était Brady ? Il devait le trouver.

Là.

Il repéra les cheveux bruns de son frère et ses yeux apeurés.

Mais… non, quelque chose n'allait pas.

Les yeux n'étaient pas noisette. Ils étaient bleus. Et le garçon était trop petit.

Oh, Seigneur, c'était Cole. Et il se noyait.

« Tu as laissé mourir ton fils », hurla Brady.

— Adam, réveille-toi.

Une main fraîche s'était posée sur son épaule. Il se réveilla aussitôt, mais il était désorienté, couvert de sueur, et son cœur battait à tout rompre.

Cherchant à reprendre son souffle, il s'assit et retrouva peu à peu ses esprits. C'était le milieu de la nuit, l'éclairage du couloir se répandait dans sa chambre. Megan se tenait près du lit en petit short de coton et débardeur à fines bretelles, ses cheveux cascadant sur ses épaules.

Baissant les yeux sur ses propres doigts aux jointures blanchies, il réalisa qu'il avait agrippé le bras de Megan et le serrait de toutes ses forces. Conscient de lui faire mal, il ôta aussitôt sa main.

— Tu as fait un cauchemar, dit-elle d'une voix douce.

Le short et le débardeur la couvraient à peine. Une envie folle le prit soudain de l'attirer dans son lit, de la renverser sous lui et de se perdre au creux de son ventre. Y penser seulement mettait ses sens en émoi.

Seule Megan pourrait chasser les horreurs qui hantaient son esprit. L'espace d'un moment, il serait libre. Il oublierait.

Son regard courut sur les seins, dont il voyait la pointe durcie tendre la fine étoffe du débardeur, avant de glisser vers le bas du ventre que ses caresses savaient si bien faire palpiter.

Puis il vit les marques rouges sur son bras.

Des marques qu'il lui avait laissées.

La rage explosa en lui.

— Fiche le camp, Megan !

Elle blêmit.

— Tu as crié. Je voulais seulement… J'essayais de t'aider.

Il secoua la tête, se détestant. À cause de ces vieux démons dont il était si souvent la proie, il lui avait fait mal.

De plus, cela aurait pu être encore pire. Ces cauchemars, où le souvenir de la noyade de son frère se mêlait aux réminiscences des combats sanglants auxquels il avait participé, étaient si terrifiants qu'il aurait pu l'étrangler, croyant lutter contre un ennemi.

— Tu ne peux pas m'aider. À moins que tu ne veuilles te déshabiller et te mettre au lit avec moi. Il n'y a que le sexe qui m'aide.

Elle ne bougea pas, choquée par la dureté avec laquelle il lui avait parlé. Ressentant sa déception et sa peine, il eut mal pour elle. Mais, outre qu'il ne pouvait lui donner ce qu'elle attendait, il pourrait se révéler dangereux pour elle.

Il lui prit le poignet, cette fois avec plus de précaution.

Levant le bras de Megan, il désigna les marques que ses doigts avaient laissées dans sa chair.

— C'est ça que tu veux ? Un homme qui perd le contrôle dans son sommeil ? Tellement perturbé qu'il ne se rend pas compte qu'il te fait mal ?

Il laissa retomber son bras.

— Va-t'en, Megan. Retourne te coucher.

Il se rallongea, lui tourna le dos et attendit.

Une minute s'écoula.

Enfin, il entendit la porte se refermer.

Il était seul.

Même Ellie avait décidé de dormir dans la chambre de Cole avec Max.

Il était encore tôt, 7 heures n'avaient pas sonné. Megan jeta un coup d'œil dans la chambre de Cole et le trouva toujours endormi.

Les deux chiens la suivirent à la cuisine. Le sol était froid sous ses pieds. Elle avait enfilé un long caleçon de sport en maille chinée grise, mais pas de chaussettes ou de chaussons. Elle s'occupa à faire le café et nourrir les chiens.

Quand la porte d'entrée s'ouvrit, son cœur fit un bond dans sa poitrine. Elle savait qui c'était.

Tandis que les deux chiens bondissaient hors de la cuisine, elle crispa les doigts sur le granit du plan de travail et fixa la verseuse de la cafetière électrique, où le café passait en glougloutant. Elle avait été tellement mortifiée la veille quand Adam l'avait chassée de sa chambre qu'elle redoutait à présent de se trouver face à lui.

— Megan.

Sa voix douce, l'enveloppant comme une caresse, l'encouragea à se retourner.

Ce qu'elle fit.

En short, le torse ruisselant de sueur, il était tellement beau qu'elle s'immobilisa, le souffle coupé, consciente d'un petit pincement délicieux au creux de l'estomac.

Il avait ôté son t-shirt et l'avait noué autour de son cou à la façon d'une serviette. Ses cheveux humides bouclaient légèrement, comme ceux de Cole après son bain.

— Tu es allé courir ? demanda-t-elle.

— Oui. J'avais besoin de me dépenser et d'évacuer mon stress.

Il commença à s'approcher et s'arrêta soudain, le regard rivé sur le bras gauche de Megan.

— Ça va, il n'y a rien du tout, dit-elle en levant son bras et en le tournant. Pas d'hématome.

Il secoua la tête, le regard tourmenté.

— Et si Cole était venu me réveiller ? Si j'avais fait du mal à notre fils, Megan ?

Cette pensée la mit mal à l'aise. Elle n'avait pas eu peur quand Adam lui avait saisi le bras (après tout, elle l'avait réveillé en sursaut), mais elle était une adulte, pas un fragile petit garçon de deux ans.

— De quoi rêvais-tu, Adam ?

Il détourna le regard.

— C'était juste un cauchemar.

— À propos de quoi ?

Il secoua la tête.

— Je ne peux pas t'en parler, Megan. Ne me pose pas de questions.

Son visage exprimait une infinie tristesse. Il soupira.

— Je te demande seulement de croire que je suis sincèrement désolé, dit-il avant de tourner les talons.

— Attends, bon sang ! Arrête de me fuir.

— Il le faut. Pour toi et pour Cole. Je n'ai pas le choix.

13

Les samedis étaient généralement les jours les plus chargés au cabinet vétérinaire. Ce jour-là, cependant, Megan n'avait eu que huit clients.

À l'issue de sa dernière consultation, elle interrogea Jillian.

Sa réceptionniste se rembrunit.

— C'est tout pour la journée, docteur. Je suis désolée, nous avons eu beaucoup d'annulations.

Megan faillit dire quelque chose, mais fut interrompue par le contact d'une truffe fraîche dans sa main.

Baissant les yeux vers une jeune femelle boxer, elle sourit.

— Tu as encore perdu ton maître, Missy ?

M. Campbell apparut dans le couloir desservant les toilettes, en faisant claquer sa canne sur le carrelage.

— Elle sait que vous avez des friandises.

M. Campbell et sa chienne étaient ses derniers clients de la journée et parmi ses préférés. Megan plongea la main dans la poche de sa blouse et donna un biscuit à la chienne qui le prit délicatement avant d'aller s'asseoir à côté de son maître.

— Elle est adorable. Et en parfaite santé, désormais.

— Je ne vous remercierai jamais assez de lui avoir sauvé la vie. Vous savez, je ne crois pas à toutes ces sornettes que racontent les journaux. Je tenais à vous le dire.

Il se tourna vers son chien.

— Donne ta laisse, Missy.

Le boxer ramassa la poignée de sa laisse et la souleva pour que son maître puisse la prendre sans avoir à se baisser.

Megan accompagna le vieil homme à la porte et lui pressa affectueusement le bras.

— Merci, votre soutien me touche beaucoup.

Elle le suivit des yeux tandis qu'il regagnait sa voiture. Elle aperçut Trina qui se garait. Megan avait prêté sa voiture à son assistante pour que celle-ci puisse déposer à l'antenne locale de la SPA un chiot abandonné devant la porte du cabinet vétérinaire.

— Tout s'est bien passé ? demanda-t-elle à Trina tandis que celle-ci lui rendait ses clés.

— Très bien.

Megan donna congé à ses employées en leur recommandant de bien profiter de leur week-end, puis alla se changer dans son bureau.

Vêtue d'un jean et d'un t-shirt, elle brossa soigneusement ses cheveux et les tira en queue de cheval. Ensuite, elle ferma le cabinet et se rendit au lac. Sa mère et Hayden ayant emmené Cole avec eux, elle n'avait plus qu'à faire son apparition.

L'estomac noué, Megan gara sa voiture et resta un moment assise à regarder les chapiteaux ornés de bannières où on pouvait lire « Votez Catherine Sullivan ! » Le plus grand, à l'entrée duquel fumait un barbecue, accueillait des tables et des chaises. D'autres hébergeaient des attractions foraines. Sur la berge du lac, un filet de volley avait été tendu, et une partie acharnée s'y livrait.

Megan hésita. Il y avait un monde fou. Elle redoutait de se frayer toute seule un passage à travers la foule. La plupart des personnes présentes avaient dû entendre parler de son arrestation et même la voir menottée en photo.

Elle savait qu'elle allait s'attirer des regards, des chuchotements.

« Allons, un peu de courage, que diable ! » Elle n'était plus une adolescente timide, effrayée de tout, désespérément en manque d'amour. Elle était devenue une adulte et s'était fait une place dans cette ville.

De même qu'elle prouverait son innocence.

En attendant, elle refusait de se cacher. Sa mère tenait à ce qu'elle soit là, et elle y serait.

Empochant ses clés et son téléphone portable, elle se dirigea vers la fête.

— Cole, voici ta maman.

Reconnaissant la voix de Bridget, sa meilleure amie, elle tourna la tête et la vit venir dans sa direction, tenant Cole par la main. Lorsqu'elle libéra le petit garçon, il se mit à courir vers Megan qui se laissa tomber à genoux dans l'herbe en ouvrant les bras. Cole s'abattit contre elle, refermant ses petits bras autour de son cou, et la serra fort.

Elle le souleva et le regarda, lui trouvant le visage un peu rouge. C'était certainement dû à l'exercice. Catherine pensait toujours à lui appliquer de la crème solaire.

— Tu as fait des jeux, mon chéri ? Tu t'amuses bien ?

Il hocha la tête.

— Veux toutou.

— Max ?

Megan ne comprenait pas. Son fils voulait-il rentrer à la maison pour jouer avec leur chien ?

— Non, maman ! Dans l'eau.

Du regard, Megan appela Bridget à la rescousse.

— Le jeu du plongeoir. Si tu fais tomber la personne à l'eau, tu peux choisir ton cadeau. Cole a repéré un gros chien en peluche.

— Ah... Je vais d'abord dire bonjour à grand-mère, et après tu me montreras, ajouta-t-elle à l'intention de son fils.

— Par terre, réclama le petit garçon en se tortillant.

Megan le laissa glisser jusqu'au sol et lui prit la main.

— J'adore ta nouvelle coiffure, dit-elle à son amie tandis que le trio se dirigeait vers le groupe de participants.

Bridget haussa les épaules.

— Je ne supportais plus les cheveux longs. Leur entretien demande trop de temps. C'est la folie au café, mais j'ai pris deux heures pour faire un saut ici.

Bridget était propriétaire du *Café du bout du monde* qui surplombait la baie de Monterey.

— Ça me fait plaisir de te voir, ajouta-t-elle. Tu as bonne mine pour une criminelle. La photo ne te rendait pas justice.

— Tais-toi, protesta Megan en riant.

— Cette histoire est complètement grotesque. Qui pourrait te croire capable d'une chose pareille ?

— À peu près la moitié de mes patients.

Megan repéra sa mère qui discutait avec un groupe de personnes. Catherine la vit à son tour et lui fit un signe de la main.

Bridget cessa d'avancer, médusée.

— Tu plaisantes ?

— Hélas, non.

— Mais quels idiots !

Megan, Bridget et Cole passèrent devant un stand de peinture sur visage et un autre de caricaturistes. Plus loin le stand photo proposait de poser derrière des silhouettes de dauphin, de requin et de sirène, percées d'un cercle pour laisser apparaître uniquement son visage. Tout au bout se tenait la grande attraction : le jeu du plongeoir. Son principe consistait à lancer une balle contre un mécanisme permettant de faire basculer une planche suspendue au-dessus d'un bassin et de faire ainsi plonger la personne assise dessus.

— Toutou, cria Cole en montrant le mur de prix à gagner installé à côté du bassin.

Mais le regard de Megan était rivé sur le plongeoir. Assis sur la planche en surplomb de l'eau se trouvait Adam, vêtu d'un caleçon de bain. Son torse luisait au soleil et ses muscles roulaient sous sa peau tandis qu'il s'agitait et fanfaronnait face à un candidat qui tentait d'atteindre la cible.

Il était transfiguré. L'homme torturé par ses démons qu'elle avait vu le matin même était devenu charmant et rieur. À la façon dont ses cheveux bouclaient à la pointe, Megan devina qu'il avait déjà été envoyé à l'eau.

Elle nota aussi que beaucoup de femmes s'agglutinaient autour du bassin.

— Il s'est porté volontaire, dit Catherine qui venait de les rejoindre. En plus, il est accompagné d'anciens Marines, des héros de guerre venus soutenir ma campagne et montrer à la ville qu'ils sont de ton côté.

— Toutou, maman, s'il te plaît, fit Cole en tirant sur sa main.

Adam l'entendit et lança à Megan un regard de défi. Elle lui répondit par un sourire malicieux.

— Tu veux ton chien, Cole ? Eh bien, allons faire tomber Adam à l'eau.

Elle sortit quelques pièces de son porte-monnaie, acheta une balle et se plaça dans la file d'attente. Trois personnes essayèrent vainement de faire plonger Adam, puis ce fut son tour.

— Megan chérie, s'exclama Adam. Qu'est-ce que tu fais ?

— Je vais gagner une peluche pour mon fils.

— Avec une seule balle ?

— Une seule me suffira.

— Au fait, ma petite vétérinaire préférée, est-ce que je t'ai dit que je t'avais inscrite pour un tour dans l'eau ?

— Non, tu n'as pas fait ça ?

— Oh que si, il l'a fait, dit Catherine. Mais ne t'inquiète pas, j'avais pensé à te prendre un maillot de bain.

Pas peu fier du tour qu'il lui avait joué, Adam lui sourit de toutes ses dents.

— Tu es sûre que tu veux lancer cette balle ?

Megan se tourna vers Cole et lui adressa un clin d'œil.

— Réfléchis à un nom pour ta nouvelle peluche.

— Meg, ce n'est pas bien de donner de faux espoirs à un enfant.

Elle soupesa la balle, la fit rebondir dans sa main, commença à prendre de l'élan…

— Adam ?

— Quoi ?

— Tu ferais bien de retenir ta respiration.

Retrouvant son impeccable lancer d'ancienne joueuse de *softball*, elle toucha la cible. La planche bascula, et Adam tomba à l'eau.

La gerbe d'eau fut impressionnante. Soulevant Cole dans ses bras, Megan tourbillonna de joie.

— Adam est trempé et on a gagné ! fanfaronna-t-elle.

— On a gagné ! répéta Cole.

L'animateur du stand annonça une pause de quinze minutes et apporta à l'enfant la peluche tant convoitée.

— Aria ! s'écria soudain Cole.

Megan aperçut la fillette avec qui son fils avait sympathisé à la bibliothèque, sa mère Bella, ainsi que quelques autres mamans. Le sourire aux lèvres, elle les rejoignit et déposa Cole parmi les enfants pour qu'il puisse jouer avec eux.

Immédiatement, Payton souleva dans ses bras son fils Louis.

— Qu'est-ce que tu fais là ? Tu as été arrêtée. Je n'en reviens pas que tu oses te montrer ici après ce que tu as fait à Nathan. Et je ne parle pas d'Adam.

— Eh bien quoi, Adam ?

— C'est un héros de guerre. Et il paraît que tu lui as caché qu'il avait un fils. Par contre maintenant que tu as des ennuis, tu es bien contente de le trouver. Tu me dégoûtes.

Se tournant vers les autres, elle ajouta :

— Venez, on va au stand de peinture sur visage.

Certaines mères la suivirent, mais quelques-unes s'attardèrent, l'air extrêmement gêné.

— Je suis désolée, finit par dire Bella. Vous savez comment est Payton.

— C'est ce que vous pensez toutes ?

Bella se dandina d'un pied sur l'autre.

— Eh bien, c'est difficile… Vous avez quand même été arrêtée et le chien a été retrouvé dans votre bureau. Personne ne sait quoi penser.

— Moi, je vais vous dire quoi penser, intervint Bridget, le regard courroucé. Megan est innocente. Quelqu'un dans cette ville l'a piégée. Payton est une vipère qui n'a jamais aimé Megan et qui se réjouit d'avoir enfin un moyen de la détruire.

Bella rougit, tandis que les autres mères marmonnaient des excuses et s'éparpillaient comme une volée de moineaux.

Sa peluche sous le bras, Cole regarda tous ses amis s'en aller. Son adorable petit visage d'enfant parut soudain bien triste.

Bridget s'agenouilla près de lui.

— Et si on emmenait ce joli toutou en promenade ? Il doit avoir envie de se dégourdir les pattes, tu ne crois pas ? Au fait, il faudrait lui trouver un nom.

— Attends-toi à une terrible vengeance !

La voix était juste derrière elle, glissant dans son dos comme une caresse. Megan frissonna, stupéfaite de la rapidité avec laquelle ses émotions changeaient.

Pivotant sur ses talons, elle croisa d'abord le regard amusé d'Adam, puis remarqua son entourage.

— Je vois que tu es venu avec quelques vrais durs pour te prêter main-forte.

— Ces types-là ? demanda-t-il en riant. Ils sont doux comme des agneaux. Tu as déjà rencontré Logan.

L'homme grand et brun, aux yeux d'un vert éblouissant, lui sourit.

— Ravi de vous revoir.

— Voici Hunter Reece, annonça ensuite Adam.

Plus petit et plus trapu, l'homme aux yeux bleus tendit la main à Megan.

— Je suis content de rencontrer la femme qui a semé la pagaille dans la vie d'Adam.

Megan le dévisagea sans savoir comment elle devait le prendre.

— Eh bien… Merci. Enfin, si on peut dire.

— Et lui, c'est Griff Rankin, termina Adam, juste au moment où son téléphone sonnait.

Il le sortit de sa poche et consulta l'écran.

— Désolé, je dois répondre.

Hunter prit le relais des présentations.

— Griff est le diplômé de l'équipe. N'hésitez pas à flatter son ego en l'appelant « Dr Rankin ».

Griff regarda Hunter de haut.

— Je crois que j'ai vu un stand de Play-Doh. Tu devrais aller te façonner des bonnes manières.

Ravi de vous rencontrer, Megan, ajouta-t-il en lui tendant la main. Votre mère est charmante. J'espère de tout cœur qu'elle sera élue.

Logan ricana.

— Fayot !

— Veuillez excuser notre cow-boy, commenta Griff. Il est tombé de cheval un peu trop souvent.

— J'aimerais bien rencontrer le cheval capable de me désarçonner, marmonna Logan avant d'adresser un grand sourire à Megan. Les gars me surnomment « Cow-boy » parce que je viens d'une dynastie d'éleveurs. Griff est « le Prof » car il est ennuyeux comme la pluie. Hunter, c'est « Ghost » car il croit que faire de la poterie le rend sexy comme Patrick Swayze dans le film du même nom. Il manque l'un de nos camarades, Cooper. Lui, c'est « l'Ermite. »

— Laissez-moi deviner. C'est un solitaire ?

— Mouais, dit Logan. Coop n'est pas un grand fan du travail d'équipe.

— Donc, vous avez tous des surnoms ?

Jetant un coup d'œil à Adam qui était toujours au téléphone, elle ne put contenir sa curiosité.

— Quel est celui d'Adam ?

— « Le Requin », répondit Hunter. Dans l'eau, c'est un prédateur.

— Vraiment ?

Megan avait du mal à l'imaginer. Bien sûr, elle savait qu'il était dangereux mais, pour elle, il était simplement Adam.

— Croyez-moi, dit Hunter, les cibles ne le voient jamais arriver.

Megan aperçut Bridget qui revenait avec Cole. L'humeur visiblement radoucie, elle riait avec l'enfant.

— Et donc, vous travaillez tous ensemble ? demanda Megan, tandis que Cole glissait sa petite main dans la sienne, intimidé par tout ce monde.

— Oui, dit Adam.

Megan sursauta. Elle n'avait pas réalisé qu'il avait terminé sa conversation et les avait rejoints Il est vrai qu'il se déplaçait en silence. Un peu comme un requin.

— Ils sont là pour le tournoi de golf.

— Et moi, je suis Bridget. La meilleure amie sexy et insolente.

Megan leva les yeux au ciel.

— J'allais dire timide et douce.

Bridget éclata de rire et proposa d'aller dîner. Tout le monde se retrouva sous le chapiteau-restaurant, à l'exception de Logan qui était de corvée de plongeoir.

— Au fait, Lawrence et Trina ont déjeuné chez moi dimanche, remarqua Bridget, pendant qu'ils attendaient leurs grillades.

Megan écarquilla les yeux.

— Trina ? Mon assistante ?

Bridget hocha la tête.

— J'ai eu l'impression qu'ils sortaient ensemble.

— C'est impossible !

14

Posté sur la rive avec son fils, Adam observait le retour des pédalos, alors que le soleil commençait à se coucher, zébrant le ciel de longues traînées pourpres.

Il avait passé une bonne journée et se réjouissait d'avoir commencé à tisser des liens avec son Cole. Malheureusement, il ne lui restait plus qu'une semaine à passer en ville. Une fois le tournoi de golf terminé, il devait absolument retourner à Los Angeles. Sienna lui avait programmé d'autres missions. Il espérait que les récents succès de l'agence leur apporteraient rapidement de nouveaux clients.

Toutefois, il commençait à revoir ses priorités et à envisager de rendre régulièrement visite à Cole.

Adam repéra le dernier pédalo à rentrer.

— Regarde, en voici encore un, Cole, dit-il en désignant l'embarcation peinte en bleu.

— Bateau, dit Cole en sautillant d'excitation.

— Vous n'êtes pas le premier à penser que vous êtes le père du gamin !

Reconnaissant la voix qui venait de s'élever dans son dos, Adam serra les dents et se retourna avec lenteur pour faire face à Lawrence Hamilton. Derrière lui, des projecteurs avaient été allumés pour éclairer les installations, et la fête continuait à battre son plein, mais l'attention d'Adam était focalisée sur l'ancien mentor de Megan.

— Vraiment ? dit-il sèchement.

Campé sur ses jambes écartées, les bras croisés dans une attitude belliqueuse, Lawrence semblait bien décidé à occuper le terrain.

— Pendant un moment, elle m'a convaincu que c'était mon fils. Je lui ai donné de l'argent.

Le reste de la phrase se perdit tandis qu'il fixait le lac et, pendant un court instant, Adam se demanda si c'était vrai.

— J'ai pris soin d'elle et elle s'est moquée de moi, reprit amèrement Lawrence.

Megan s'était-elle moquée de lui aussi ? s'interrogea Adam. Était-il le dernier des idiots de l'avoir crue ?

Puis il regarda Cole. C'était comme regarder Brady, mais avec les yeux bleus de Megan.

Son sang se mit à bouillir dans ses veines sous l'effet de la colère.

— Ne parlez pas comme ça de la mère de mon enfant ! Un bon conseil, Hamilton : ne m'adressez plus jamais la parole.

L'homme hocha la tête et s'éloigna vers les lumières.

Adam souleva Cole dans ses bras.

— Allons voir comment maman se débrouille sur le plongeoir.

Le petit garçon eut une moue boudeuse.

— Bateaux.

— Il fait trop sombre pour les voir, maintenant, mon grand. Nous reviendrons un autre jour.

Tandis qu'Adam se dirigeait vers le bassin, Cole se tortilla dans ses bras, essayant encore de regarder vers le lac malgré la nuit qui tombait.

Vêtue du maillot de bain une pièce noir que sa mère avait apporté pour elle, Megan était assise sur la planche, ses cheveux ruisselants plaqués sur son visage et dans son cou.

L'amusement d'Adam s'évanouit quand il vit qu'elle frissonnait tout en affichant un sourire forcé. Aussitôt, il se précipita vers Butch, l'homme qui animait le jeu.

— Annoncez une pause. Meg est frigorifiée. Je vais prendre sa place.

Adam passa à l'arrière du bassin, posa Cole à terre, près de l'échelle qui permettait d'accéder à la planche, et appela Megan.

Elle pivota, surprise.

— Descends. Je vais te remplacer.

Elle acquiesça, visiblement soulagée, et enjamba le premier échelon. Adam l'intercepta à mi-course de l'échelle et la souleva dans ses bras.

Sa peau humide était glacée, et de longs frissons parcouraient son corps.

Bon sang, quel idiot il avait été de l'avoir inscrite aussi tard. Lorsque cela avait été son tour, le temps était splendide, et la chaleur du soleil l'avait réchauffé rapidement entre deux plongeons.

Il la posa sur ses pieds, attrapa une serviette de bain sur la pile et la frictionna vigoureusement avant de la serrer contre lui.

— Ça va mieux ?

Blottie dans ses bras, Megan se contenta de hocher la tête. En la sentant ainsi contre lui, ce fut Adam qui eut chaud soudain.

— Va vite te changer, dit-il en la libérant.

— Où est Cole ?

— Juste là.

Il regarda du côté où il avait posé Cole dans l'herbe avant d'aider Megan à descendre de l'échelle et son cœur fit un bond dans sa poitrine.

Cole n'était plus là.

Affolée, Megan se mit à appeler son fils tout en tournant sur elle-même pour essayer de le repérer.

Logan arriva en courant.

— Que se passe-t-il ?

— Cole a disparu, annonça Megan, les yeux écarquillés et le visage livide.

Des curieux commencèrent à s'approcher.

— Il était là, pourtant. Juste à côté de moi. On revenait de… Oh, Seigneur, les pédalos !

Un sentiment d'horreur explosa dans son cerveau, le paralysant, et, pendant quelques secondes, il ne put rien faire d'autre que de regarder Megan avec désespoir.

Laissant tomber sa serviette, elle se mit à courir de toutes ses forces vers le lac.

La vue de Megan courant pieds nus comme si elle avait le diable à ses trousses le sortit de sa transe. Il se mit à donner des ordres à ses hommes pour qu'ils organisent une battue.

Il s'élança derrière Megan et la dépassa avant qu'elle n'ait atteint la rive. Il faisait complètement nuit, les lumières de la fête ne portant pas jusqu'au bord du lac.

Il entendit un mouvement dans l'eau.

Ignorant la panique qui faisait battre son sang à ses tempes et bourdonner ses oreilles, il se persuada que c'était une mission comme les autres.

Il ôta ses chaussures, sa chemise, vida ses poches et se jeta à l'eau. Nager lui était aussi naturel que respirer. Il ne lui fallut que quelques secondes pour arriver dans la zone où il avait repéré un bruit.

Bloquant les vieux souvenirs qui auraient pu troubler sa concentration, il s'immobilisa, cherchant à percevoir les vibrations dans l'eau. Il n'était plus le gamin doué pour la natation, mais manquant de maturité et de concentration. Aujourd'hui, son entraînement faisait toute la différence.

Là ! Il l'avait repéré.

Il plongea, toucha le fond du lac et resta totalement immobile. À nouveau il perçut les ondulations de l'eau et, sentant qu'il était proche, tâtonna avec les bras.

Il lui fallait à tout prix garder son sang-froid. Dans le cas contraire, Cole mourrait.

Exactement comme Brady.

Il continua à fouiller méthodiquement. L'enfant n'avait plus qu'une minute ou deux de survie. Enfin il entra en contact avec quelque chose. C'était des cheveux.

Il ceintura le corps et remonta aussitôt à la surface. L'enfant hoqueta et toussa violemment.

— Je l'ai ! hurla-t-il.

Cole sanglotait à présent tout en appelant sa maman. Une fois qu'Adam l'eut déposé sur la rive, Megan s'agenouilla auprès de Cole en pleurant. Elle le prit dans ses bras. Quelqu'un s'avança avec une couverture et enveloppa la mère et l'enfant.

Profitant de la confusion générale, Adam disparut dans la nuit.

Adam entra dans la maison et fut surpris de voir la télévision fonctionner dans le noir, sans le son. Megan était pelotonnée sur le canapé, en débardeur et short, ses longs cheveux détachés.

Max, le berger allemand, apparut au bout du couloir, vint renifler la main d'Adam et retourna dans la chambre de Cole.

Couchée près de Megan, se faisant aussi petite que possible, Ellie dormait, la tête posée sur les mollets de la jeune femme. Elle ouvrit un œil en entendant des pas et fit aussitôt une mine piteuse car elle savait bien qu'elle n'avait pas le droit de monter sur le canapé. Adam ne la gronda pas et lui caressa la tête pour la rassurer.

Puis, baissant machinalement les yeux vers les pieds de Megan, il tiqua en découvrant les écorchures qu'elle s'était faites en courant pieds nus jusqu'au bord du lac.

À cause de lui, leur fils avait failli mourir.

Megan ne le lui pardonnerait jamais.

Tandis qu'il se dirigeait vers la télévision pour l'éteindre, Megan redressa la tête.

— Adam ? dit-elle d'une voix ensommeillée. Je t'attendais.

— Chut, dit-il en la soulevant dans ses bras. Tu es fatiguée. Il faut aller te coucher.

Megan avait un grand lit en 160 de large. La couette vert émeraude avait été repoussée, révélant des draps blancs ornementés de broderies à l'ancienne. Il l'installa sur le matelas, rabattit le drap sur elle et tendit le bras pour éteindre la lampe de chevet.

— Merci, dit-elle en lui saisissant le poignet pour interrompre son geste.

Il s'obligea à la regarder dans les yeux.

— À propos de quoi ?

— Sans toi, Cole se serait noyé.

Les yeux de Megan s'emplirent de larmes.

— Après l'avoir sauvé, tu t'es évanoui dans la nature, et je n'ai pas pu te remercier. Je ne sais pas comment tu as fait…

— Tu es encore sous le choc. Essaie de dormir.

Demain elle réaliserait que Cole avait échappé à sa surveillance. Il croyait l'enfant à côté de lui et ne l'avait pas vu s'en aller vers le lac.

Une fois qu'elle se serait reposée et y réfléchirait posément…

Il éteignit la lampe de chevet et alla se coucher seul.

Ses poumons étaient en feu, tous ses muscles tremblaient d'épuisement, mais il continuait à plonger, il continuait à le chercher.

Il avait senti quelque chose.

L'espoir ressurgit, lui donnant l'énergie nécessaire. Il chercha frénétiquement autour de lui, toucha une masse de cheveux mouillés.

Il remonta à la surface, ébloui par l'éclatant soleil californien… et découvrit qu'il tenait un cadavre.

— Adam, réveille-toi.

Adam se redressa dans son lit, le corps couvert de sueur, un goût d'acidité dans la gorge et l'estomac révulsé.

Tous ces morts. Brady, Trace, d'autres soldats avec qui il avait servi…

— Adam, ça va ?

Megan se tenait au pied du lit et le dévisageait, inquiète.

Avait-il crié ? Probablement. Heureusement, Cole avait le sommeil lourd.

— Va te recoucher, bougonna-t-il.

— Parle-moi, Cole. Dis-moi ce qui se passe. Tous ces cauchemars... Par quoi sont-ils provoqués ?

Repoussant les couvertures, il bascula les jambes par-dessus le lit et se leva. Les yeux rivés à ceux de Megan, il envisagea un bref instant de lui révéler tout ce qu'il avait sur le cœur.

Il ouvrit la bouche.

Sa gorge se verrouilla comme une serrure qu'on referme. Une fois de plus, il était prisonnier de ce silence haï.

Secouant la tête, il se dirigea vers le couloir, s'engouffra dans la salle de bains et ferma la porte.

Il tourna les robinets de la douche, ôta son boxer et se glissa sous le jet. L'eau chaude sur sa peau lui fit l'effet de milliers de petites aiguilles. Une paume contre le mur, la tête penchée, il laissa l'eau cascader sur sa nuque et le long de son dos, espérant laver ainsi l'horreur constante qui souillait son esprit. La culpabilité. Le remords.

Le bruit de l'eau l'empêcha d'entendre la porte de la salle de bains s'ouvrir, mais il vit la silhouette de Megan se dessiner derrière la vitre dépolie.

— Non, Meg. Ne fais pas ça.

Elle ouvrit la porte de la douche.

— Quoi, Adam ?

Soulevant le bas de son débardeur, elle le fit passer par-dessus sa tête, libérant ses seins ronds et fermes.

— M'inquiéter pour toi ? Essayer de t'aider ?

Elle saisit la ceinture de son short de jersey et le fit glisser le long de ses jambes interminables, révélant le petit triangle de toison rousse à la naissance de ses cuisses.

— Tu ne veux pas me parler ? Très bien. Mais laisse-moi te caresser et te soulager de cette façon-là.

Elle entra dans la douche et, se plaquant dans son dos, posa les mains sur ses pectoraux.

La noirceur qu'il sentait au fond de son âme fut soudain balayée par un brutal élan de désir. Se perdre entre les cuisses de Megan était la seule chose qui pouvait l'apaiser.

Mais ne voyait-elle pas qui il était vraiment ?

La saisissant par les poignets, il abaissa ses bras et se retourna.

— Comment peux-tu avoir envie de me toucher ? J'ai failli…

Il ne pouvait même pas le dire. La sombre agonie qu'il vivait et le silence de ses péchés étaient verrouillés au creux de sa poitrine.

— Tu ne sais pas qui je suis.

— Chut. Tu n'as pas à me le dire. Je ne te poserai plus de questions.

Se hissant sur la pointe des pieds, elle lui embrassa la mâchoire, fit courir ses lèvres chaudes le long de son cou tandis que ses mains voyageaient dans son dos.

Se laissant aller au gré d'un courant plus puissant que sa propre volonté, Adam se permit pour la première fois depuis longtemps un total abandon et laissa Megan mener la danse.

Elle glissa la main entre eux, s'empara de son sexe gonflé de désir et commença à le caresser. Elle dessina un chemin de baisers le long de son torse, puis s'agenouilla et posa sa bouche sur l'os de sa hanche, suivant la ligne de son aine.

Tremblant, brûlant de passion, le corps tendu à l'extrême, il écarta les bras, paumes à plat, pour prendre appui sur les deux murs, et se courba pour regarder Meg le prendre dans sa bouche et lui donner du plaisir.

La sensation était enivrante et menaçait de le faire basculer, mais il voulait plus que ça. Il voulait s'immerger en elle, la sentir autour de lui, l'entendre crier son nom et atteindre l'extase avec elle.

Il glissa les mains dans ses cheveux, écarta doucement son visage et l'aida à se relever. Il la souleva alors contre lui et, quand elle eut enroulé les jambes autour de ses hanches et noué les bras autour de son cou, il la plaqua contre le mur.

Comme il lut dans ses yeux brillants de désir la même impatience que la sienne, il la pénétra d'un mouvement profond et vigoureux, éprouvant enfin la sensation d'apaisement tant recherchée.

Les doigts crispés sur les épaules d'Adam, Megan accueillait avec une indicible volupté les mouvements puissants de ses hanches, émerveillée comme chaque fois de la façon dont son corps s'ouvrait à lui, se modelait autour de cette présence qui l'emplissait entièrement.

La vapeur embuant la salle de bains et le ruissellement de l'eau sur sa peau renforçaient l'impression d'espace clos et protecteur, un peu comme une bulle. Le monde extérieur n'avait plus d'importance, seules comptaient les sensations éblouissantes qui l'envahissaient.

Le plaisir montait en elle, irrésistible, et finit par l'embraser comme une torche. Étourdie, elle cria de bonheur et sentit qu'Adam la rejoignait dans l'extase.

Plus tard, le front posé contre le sien, il soupira.

— Tu mérites tellement mieux que moi, Megan.

Megan se mordit l'intérieur de la joue pour ne pas lui crier ce qu'elle ressentait.

Elle ne voulait personne d'autre que lui, et ça ne changerait jamais. Elle aimait tous les aspects de sa personnalité : l'homme plein de charme, celui qui travaillait sans relâche, le héros de guerre, et l'enfant perdu qui appelait à l'aide dans son sommeil.

Elle l'aimait et n'aimerait jamais que lui.

15

Megan dormait encore, blottie le dos contre son torse, quand Adam fut réveillé par le soleil qui inondait sa chambre de lumière.

À moins que ce ne soit par le bruit qu'avait fait la porte de la chambre en s'ouvrant.

Cole se tenait sur le seuil, tenant sous le bras le chien en peluche que Megan avait gagné la nuit précédente.

Content d'avoir enfilé un bas de pyjama un peu plus tôt dans la nuit, lorsqu'il s'était levé pour boire un verre d'eau, Adam se glissa hors du lit et se dirigea vers la porte.

— Chut, maman dort.

Soulevant son fils dans ses bras, Adam l'aida à utiliser les toilettes, puis il fit sortir les chiens et prépara le petit-déjeuner.

Tout à coup, alors qu'il versait du jus de fruits dans la timbale de son fils, il réalisa que c'était ça une famille.

Sa famille.

Aussitôt, la panique s'empara de lui.

La veille, Cole avait failli se noyer par sa faute. En quelques secondes, tout aurait pu être terminé.

Megan entra dans la cuisine en bâillant. Elle avait enfilé un caleçon de yoga et un t-shirt, enroulé ses cheveux en une torsade approximative retenue par une pince.

— Je peux prendre le relais, si tu as des choses à faire, proposa-t-elle.

Il eut du mal à retrouver sa voix.

— Megan…

Elle secoua la tête.

— Tu n'as aucune obligation envers moi, Adam. J'ai fini par comprendre que j'étais injuste avec toi en voulant à tout prix te changer.

Elle marqua une pause en se mordillant la lèvre inférieure.

— Je m'étais pourtant juré de ne jamais être ce genre de femme. Tu m'as donné Cole, et je t'aimerai toujours pour ça. Il restera notre fils quoi qu'il arrive. Je m'adapterai au type de relation qui te conviendra.

Adam cilla, sous le choc. Puis il crut comprendre. La nuit précédente, elle avait enfin réalisé qui il était vraiment, et elle se détournait de lui.

Passant en trombe à côté d'elle, il regagna sa chambre et consulta son téléphone portable. Il y avait un message de l'agent immobilier lui annonçant qu'il avait une offre pour la maison de ses parents.

Il le rappela aussitôt pour lui dire qu'il acceptait.

Un lien de plus avec Raven's Cove et son passé venait d'être coupé.

Mais, curieusement, il n'en éprouvait aucun soulagement.

Les acheteurs souhaitaient garder tous les meubles. Il ne restait plus à Adam qu'à débarrasser les affaires de sa famille. Son ancienne chambre avait déjà été vidée de ses possessions, en particulier de ses trophées sportifs. Ses victoires n'avaient jamais compté aux yeux de ses parents. Rien de ce qu'il accomplissait ne pouvait effacer son plus grand péché. Quoi qu'il fasse, cela ne ferait pas revenir le seul fils que ses parents aimaient réellement.

Dans cette maison où flottaient encore les fantômes des tragédies passées et des mauvais choix, il comprit soudain quelque chose.

Il songea à Meg qui s'était donnée à lui la veille au soir uniquement pour apaiser son mal-être et à tout ce qu'elle avait fait pour lui. Sans rien lui demander en échange. Sans rien espérer.

Parce qu'elle tenait à lui.

Megan ne l'avait pas rejeté comme il le croyait. Au contraire, elle le voulait dans sa vie tel qu'il était, sans souhaiter le changer.

Allait-il faire le même choix que ses parents ? Rejeter le présent et continuer à s'accrocher à la douleur du passé ?

Il fut surpris de constater combien il avait été lâche. Certes, pas physiquement. C'était facile, tout ce qu'il avait à perdre, c'était sa vie. Et, au fond, peut-être avait-il pensé que ses parents finiraient par l'aimer s'il mourait en héros.

Mais ce qui lui avait manqué, c'était le courage des sentiments. Le cran de risquer son cœur.

Comme le matin même, quand Megan lui avait dit qu'il n'avait aucune obligation envers elle. Il avait choisi la solution de facilité en s'en allant, plutôt que de discuter avec elle.

La véritable audace aurait été de prendre le risque de découvrir si elle l'avait vu tel qu'il était et si, malgré tout, elle l'aimait quand même.

La peur lui nouait l'estomac en une sensation familière. Aimer Megan et Cole, faire partie de leur quotidien et accepter leur amour en retour. N'était-ce pas un trop grand défi à relever pour lui ?

C'était absolument terrifiant.

Mais la vie sans eux était-elle envisageable ?

— Non, Cole. Ellie n'est pas encore guérie. Tu n'as qu'à brosser Max.

Tirant la langue de concentration, Cole passa l'étrille sur le dos du berger allemand. Megan l'avait adopté à l'époque où elle travaillait chez Lawrence, quelques mois après la naissance de Cole. Le chien, qui avait alors environ neuf mois, avait été déposé par quelqu'un qui l'avait trouvé dans la rue avec une patte cassée. Personne ne l'avait jamais réclamé, personne ne voulait de lui, et Megan avait décidé de le garder.

Tout en surveillant son fils du coin de l'œil, elle examina Ellie. Sa plaie avait cicatrisé proprement, son pelage avait déjà meilleure allure, et elle avait repris du poids. Cependant, elle restait peureuse et excessivement soumise, signe qu'elle avait été maltraitée.

— Ne t'inquiète pas, ma belle, dit-elle en lui caressant la tête. Si Adam ne peut pas te garder, tu auras toujours un foyer ici.

Sauf si elle allait en prison ou perdait tout.

Elle avait beau essayer de garder espoir, la situation n'était pas réjouissante. Elle venait de vérifier ses messages au bureau, et il y avait cinq annulations de plus, rien que pour lundi.

Tout ce pour quoi elle avait travaillé si dur était en train de s'effondrer.

Depuis la terrasse, où elle s'était installée avec Cole et les chiens, elle entendit la porte de devant s'ouvrir.

— C'est moi, cria Adam.

Le cœur de Megan se souleva dans sa poitrine quand elle entendit sa voix.

Serait-ce toujours ainsi ? L'aimerait-elle toujours ?

Se levant d'un bond, Ellie se précipita à la porte-fenêtre en aboyant, tandis que Max continuait à supporter sans broncher les coups de brosse maladroits de Cole.

Adam déposa dans la cuisine les sacs dont il était chargé, fit coulisser la paroi vitrée, et se pencha pour caresser sa chienne qui lui faisait la fête.

— Hé, bravo, Cole. Tu te débrouilles comme un chef, dit-il avant de croiser le regard de Megan. J'ai acheté de quoi préparer des hamburgers, si vous avez faim.

— Excellente idée, approuva Megan. Cole, ça suffit, maintenant. On va aider papa à déballer les courses.

Adam eut du mal à dissimuler sa surprise.

— Quoi ? Tu lui as parlé ?

— Pourquoi ? Il ne fallait pas ?

— Non... non, ce n'est pas ça. Mais, tu crois qu'il a compris ?

— Papa ! répéta l'enfant en trottinant vers lui.

Un mélange de fierté et d'émotion apparut sur le visage d'Adam. Megan réalisa alors combien elle avait été égoïste en le privant de son fils.

Elle voulut dire quelque chose, mais Adam avait déjà soulevé Cole dans ses bras. Il sortit d'un placard une série de contenants en plastique et les confia à l'enfant pour l'occuper. Puis il commença à vider les sacs de l'épicerie, déposant au fur et à mesure sur le plan de travail de la laitue, des tomates et des oignons.

— Tu veux que je coupe les légumes ? proposa Megan.

— Oui, merci, dit-il en plaçant les steaks hachés au réfrigérateur.

Il en profita pour y prendre le pichet de thé glacé et remplit deux verres.

— J'ai des informations, annonça-t-il.

L'humeur de Megan s'assombrit.

— Sur l'identité de la personne qui m'a piégée ?

— Peut-être. J'ai parlé à Hahn, le journaliste. Il a refusé de citer sa source, évidemment, mais il s'est trahi en disant « elle ». Nous savons donc qu'il y a une femme derrière toute cette histoire.

— Une femme ?

Megan était presque déçue. Elle était tellement sûre qu'il s'agissait de Nathan. Persuadée qu'il y avait une explication, elle réfléchit.

— McCray aurait pu engager quelqu'un ?

— Ou alors il y a dans ton entourage une femme qui t'en veut. Je parierais pour une de tes employées.

— J'ai du mal à le croire.

— C'est pourtant le plus plausible. J'imagine qu'elles ont toutes la clé du cabinet vétérinaire.

— Oui.

— Qui d'autre en possède une ?

— Ma mère. Mais tu ne vas quand même pas la soupçonner ?

— Non. Cela dit, j'ai demandé à Sienna de vérifier les antécédents d'Hayden.

— Quoi ?

Megan eut un sursaut de colère.

— Tu vas trop loin, Adam. Hayden a été formidable avec moi. Il m'a traitée bien mieux que mon propre père. Et il adore Cole.

— Il semble digne de confiance. Mais je ne veux pas prendre de risques quand il s'agit de toi et de notre fils. Je serais capable d'enquêter sur le shérif si je pensais qu'elle représentait une menace pour vous.

— Je comprends que tu veuilles nous protéger, mais tu aurais pu m'en parler avant. Hayden est quelqu'un de bien, tu peux me croire. Revenons-en plutôt à cette mystérieuse femme. Tu crois vraiment à la culpabilité d'une de mes employées ?

Il hocha la tête.

— Réfléchis. Est-ce que l'une d'elles aurait une raison de t'en vouloir ?

— Je ne pense pas. En tout cas, ça ne peut pas être Jillian. Elle a une vie très stable. Je me suis occupée de ses chiens pendant que son mari subissait une grave opération en urgence. Par ailleurs, elle a souvent gardé Cole.

— Et les deux autres ? Dara et Trina.

— J'ai engagé Dara peu après la naissance de Cole. Elle est très réservée, mais amicale, et elle aime sincèrement les animaux. Quant à Trina, je l'ai engagée il y a quatre mois, quand la clientèle est devenue trop importante. Le seul conflit que nous ayons eu concernait ses retards à répétition. Mais j'ai mis les choses au point et tout est rentré dans l'ordre.

Megan se sentit soudain plus perdue que jamais.

Qui s'acharnait ainsi contre elle ? Et pourquoi ?

— Je ne sais plus à qui je peux faire confiance, avoua-t-elle dans un soupir.

16

Adam eut l'impression que Megan doutait également de lui et en fut meurtri.

— Tu peux avoir foi en moi. Nous trouverons ensemble qui t'a trahie.

— Merci. Je ne t'ai pas fait confiance quand je l'aurais dû, mais j'apprécie que tu sois là aujourd'hui.

Son pouls s'emballa. Adam sut qu'il était temps pour lui de faire preuve de courage et de confier à Megan ce qu'il ressentait.

— Je serai toujours là pour toi et notre fils. C'est un engagement à long terme que je prends.

Megan l'enveloppa d'un regard attendri.

— Je ne doute pas de ton attachement pour Cole. Je pourrai te l'amener à Los Angeles le week-end. Et j'espère que tu me laisseras rester avec lui jusqu'à ce qu'il soit un peu plus grand. Je ne me sens pas prête à rester loin de lui la nuit.

— Non, répondit simplement Adam.

Meg devint livide.

— Alors, je trouverai un hôtel pour être tout près si…

— Megan…

Il lui prit les mains et fut surpris de les trouver glacées.

— Nous n'allons pas trimballer notre fils d'un endroit à l'autre comme un paquet. Il faut que je réfléchisse à un arrangement professionnel. Soit je relocalise l'agence ici, à Raven's Cove, soit j'y ouvre une antenne et je me partage entre les deux. En confiant à Sienna la gestion du bureau de Los Angeles, ça pourrait fonctionner.

Megan écarquilla les yeux.

— Tu serais prêt à faire ça ?

— C'est aux parents de faire les sacrifices. Pas aux enfants.

Megan secoua la tête, honteuse.

— Il faut que j'arrête de penser systématiquement que tu vas te comporter comme l'a fait mon père. Tu ne vas pas envoyer des chèques pour la pension alimentaire en y scotchant une note portant l'inscription « pour la sangsue ».

— La sangsue ? répéta Adam d'un ton furieux.

Cole leva vers lui de grands yeux un peu effrayés, et il lui sourit pour le rassurer.

— Catherine te laissait voir ça ? reprit-il.

Megan s'empressa de le détromper.

— J'avais l'habitude de chercher les enveloppes. J'étais persuadée que mon père m'écrivait des lettres que ma mère me cachait. J'ai vu quelques-uns des chèques, accompagnés de vexations du même genre.

Adam comprenait mieux maintenant pourquoi elle avait eu si peur de lui parler de Cole.

— Où vit ton père aujourd'hui ?

— Je ne sais pas. La dernière fois que j'ai entendu parler de lui, il était à Chicago.

Elle haussa les épaules.

— De toute façon, je m'en fiche. Ce n'est pas lui qui essaie de me nuire, si c'est la question que tu te poses.

— Je vais quand même demander à mon autre collaborateur, Cooper Sims, de lui rendre une petite visite.

Adam retint un sourire. Cooper était un dur à cuire qui pouvait se montrer terriblement impressionnant et, face à lui, ce père indigne serait dans ses petits souliers.

— Est-ce que quelqu'un au bureau sait que Nathan McCray a essayé de te faire chanter ?

— Non. J'étais seule quand il est passé.

— Tu t'es confiée à quelqu'un d'autre ?

— J'en ai parlé à Lawrence au gala de levée de fonds. Il a proposé d'en discuter avec Nathan...

Megan laissa la phrase en suspens le temps de réfléchir.

— Pourtant, il avait déjà pris la décision de déposer en faveur de Nathan. Il y a aussi les choses qu'il m'a dites sur le parking du tribunal, et son rendez-vous avec Trina au *Café du bout du monde*...

Une étincelle de colère passa dans les yeux de Megan tandis que les pièces du puzzle s'assemblaient dans son esprit.

Il n'était pas facile d'accepter qu'une personne connue de longue date puisse vous trahir, surtout si vous aviez pour elle admiration et respect.

— Je croyais que nous étions amis et qu'il était heureux de ma réussite. En réalité, il ne supportait pas que j'aie réussi à voler de mes propres ailes.

— À mon avis, il n'y a pas que ça. J'ai vu l'air possessif avec lequel il te regardait au gala. Et hier, au barbecue, il a prétendu que tu avais essayé de lui faire croire que Cole était son fils.

Megan devint écarlate de colère.

— Je n'ai jamais fait cela. Pas plus que je n'ai couché avec Lawrence. Au tout début de notre collaboration, il m'a fait des avances, mais je les ai repoussées. Nous n'en avons plus jamais reparlé, et il a continué à se montrer amical et de bon conseil.

Elle soupira.

— Quel sale type, quand j'y pense.

— Nous le coincerons, Meg. Il est peut-être malin, mais j'ai une idée.

— Laquelle ?

— Demain, va à ton cabinet comme d'habitude, et dis à tes employées que tu seras en retard mardi matin parce que tu dois passer voir le shérif. Explique-leur que Nadine Bolen a découvert des éléments permettant de t'innocenter et d'identifier le véritable ravisseur de Celtic.

— On va mentir ?

— Oui, et on verra ce qu'il en ressort. Ce soir, nous allons installer des caméras et des micros dans tes bureaux, et mardi nous serons fixés.

Heureuse comme elle ne l'avait pas été depuis longtemps, Megan se servit un verre de vin.

Après l'avoir aidée à donner son bain à Cole et à le coucher, Adam avait rejoint son équipe. Il en aurait pour quelques heures à installer micros et caméras au cabinet vétérinaire puis il rentrerait à la maison.

La maison.

À son retour, elle avait l'intention de lui dire qu'elle voulait vivre avec lui. Elle ignorait toujours ce qui le tourmentait, mais il avait promis de tout lui dire une fois son enquête résolue.

Adam n'en avait jamais parlé à personne. Elle devinait que c'était grave, mais elle était certaine de pouvoir l'accepter.

Elle était plongée dans ses réflexions quand elle sentit quelque chose lui effleurer la jambe.

Elle baissa les yeux et ne put s'empêcher de rire. Assise à côté d'elle, Ellie tenait dans sa gueule le chien en peluche qu'elle avait gagné pour Cole.

— Tu t'es trouvé un bébé ? dit-elle en caressant la chienne derrière l'oreille.

Baissant la tête, Ellie agita timidement la queue.

— Tu es une gentille fille. Je suis sûre que ça ne dérange pas Cole de partager son jouet avec toi.

Son téléphone sonna. Voyant qu'il s'agissait de Bridget, elle s'empressa de répondre.

— Hé, salut, s'exclama-elle. Tu fais une pause ?

— Je viens de terminer le dernier service et je ne suis pas mécontente de souffler un peu. J'ai eu ton texto. Quoi de neuf ?

— Deux choses, répondit Megan en repliant ses jambes sur le canapé. La bonne nouvelle d'abord. Tu ne devineras jamais ce qu'Adam m'a dit ce soir…

Elle se lança dans l'histoire, telle une adolescente parlant de son petit ami.

— Il n'a pas intérêt à te briser le cœur, déclara Bridget. Sinon, il aura affaire à…

Megan l'interrompit en entendant une clé dans la serrure.

— Je crois que c'est Adam. Je te rappelle demain.

— Rappelle-moi plutôt tout à l'heure. Je veux savoir la suite.

— D'accord.

Elle raccrocha et se leva, surprise de voir Max bondir hors de la chambre de Cole en grognant de façon menaçante.

— Max, arrête ! C'est…

Ses mots moururent sur ses lèvres quand la porte s'ouvrit.

Ce n'était pas Adam, mais Lawrence.

Max vint s'asseoir à côté de Megan et cessa de grogner. Cependant, ses oreilles dressées montraient qu'il restait sur le qui-vive.

— Qu'est-ce que vous fichez chez moi ? Comment avez-vous eu la clé ?

Lawrence referma la porte sans s'émouvoir.

— Vous pensiez que le fait de changer les serrures m'arrêterait ?

Il rit, l'air très satisfait de lui.

— Ça n'a pas été très compliqué d'obtenir une copie de la nouvelle clé.

Il s'approcha.

— Je dois vous parler, Megan. C'est important.

— Je veux que vous partiez.

Elle n'imaginait certes pas qu'il puisse être dangereux, mais elle ne voulait pas prendre de risque ; son fils dormait à côté.

— Donnez-moi la clé de ma maison et partez.

— Je ne partirai pas sans vous et Cole. J'ai attendu qu'Adam s'en aille pour intervenir. Vous ne savez pas qui il est, Megan. Votre fils est en danger avec lui. N'avez-vous donc tiré aucune leçon de l'incident au lac ?

Levant son téléphone, Megan composa le 911.

— Je suis en train d'appeler les secours.

— Posez ce téléphone.

Voyant qu'elle n'obéissait pas, Lawrence sortit une seringue de sa poche.

— Je ne voulais pas en arriver là, mais avez-vous une idée de ce qu'un tranquillisant vétérinaire peut faire sur un enfant de deux ans ?

Malade d'angoisse, Megan raccrocha aussitôt.

— C'est mieux. Je ne souhaite faire de mal à personne, mais je veux que vous m'écoutiez. Je peux tout arranger. Vous fermez votre cabinet et vous revenez travailler pour moi. J'expliquerai que vous n'étiez finalement pas prête à vous lancer seule et que vous avez commis certaines erreurs, mais que je vous guiderai désormais.

Megan réalisa que Lawrence n'avait pas désactivé l'alarme silencieuse après être entré. Une alerte avait immédiatement été envoyée sur les portables d'Adam et de ses hommes. Ceux-ci n'allaient pas tarder à arriver.

Se rendant compte qu'elle tenait toujours son téléphone à la main, elle activa la fonction vidéo afin de tout enregistrer.

— Lawrence, pourquoi m'avez-vous fait cela ? J'avais confiance en vous.

— Vraiment, Megan ?

Il secoua la tête.

— Je vous ai tout donné. C'est moi qui vous ai faite. Vous n'étiez rien d'autre qu'une gamine effrayée. Je vous ai prise en stage, je vous ai aidée dans vos études, je vous ai offert un emploi… et vous m'avez trahi. À deux reprises.

— Comment cela ?

— D'abord en quittant ma clinique et ensuite avec cet assassin d'Adam.

— Comment cela, un assassin ? Vous divaguez, Lawrence. Adam n'est pas un assassin.

Il fit un pas vers elle et Max bondit en aboyant férocement.

Lawrence sortit la main de sa poche.

Megan entendit un grésillement, comprit aussitôt et cria :

— Non ! Ne faites pas ça.

Horrifiée, elle vit cet homme qui lui avait inspiré tant de respect et d'admiration presser un pistolet à impulsion électrique sur le cou de son chien.

Max gémit et s'effondra.

Tandis qu'elle se précipitait vers l'animal, Lawrence sortit une seringue de sa poche et en injecta le contenu à Max.

Megan se jeta sur lui et le martela au hasard de coups de poing. Il s'en était pris à son chien. Sa prochaine victime serait peut-être Cole.

— Arrêtez ou je vous drogue aussi.

Il la neutralisa sans qu'elle ait pu lutter. Ses yeux étaient exorbités. Les veines de son front et de son cou saillaient. Les doigts qui enserraient ses bras avaient la force d'un étau. Elle n'en fut pas surprise, l'ayant vu manipuler sans peine des chiens de soixante kilos.

— Vous êtes fou, dit-elle.

Il sourit froidement.

— Vous m'appartenez. Je vous ai modelée pour que vous deveniez ma femme et mon associée, et vous avez sottement fait échouer mes plans. Mais vous pouvez encore vous racheter. Épousez-moi, Megan, et je m'occuperai de votre fils comme s'il était le mien.

— Vous êtes un malade !

— Pourquoi ? Parce que je veux vous protéger et protéger Cole ? Mais vous ne voyez pas que son père va finir par le tuer, lui aussi ?

17

Adam passa par la fenêtre et atterrit en souplesse dans la chambre de Cole. Grâce au ciel, l'enfant dormait toujours.

Lorsque Logan s'introduisit à son tour dans la pièce, Ellie grogna tout doucement. Elle était couchée en travers des jambes de Cole et tremblait de tous ses membres.

Adam lui caressa la tête. La pauvre bête était morte de peur, mais elle essayait de défendre l'enfant.

— Reste ici, Ellie, chuchota Adam.

Puis, remarquant que Cole ouvrait vaguement un œil, il ajouta :

— Hé, champion, tout va bien. Rendors-toi.

En voyant que le petit garçon lui obéissait, Adam ressentit une puissante vague d'amour et de fierté. Son fils avait suffisamment confiance en lui pour se rendormir sans crainte.

C'était ça, être un père. Il adorait cette sensation. Mais il n'avait pas le temps de s'attendrir. Il lui restait encore à sauver la femme qu'il aimait.

Laissant Logan en faction dans la chambre, il emprunta le couloir. Griff et Hunter étaient à l'extérieur, surveillant les fenêtres et les portes.

Ils avaient reçu l'alarme sept minutes plus tôt. Aussitôt, Adam avait activé le micro de l'alarme qu'il avait installée, et avait ainsi pu suivre une partie de la conversation. Lawrence l'avait traité d'assassin, ce qui voulait dire qu'il savait. Il fallait croire que son secret n'était pas aussi bien gardé qu'il le pensait.

C'était sans importance. Il avait un travail à faire.

Il jeta prudemment un coup d'œil vers le salon et découvrit Max étendu de tout son long, inconscient. Non loin de là, Lawrence tenait fermement Megan par le haut des bras et lui parlait.

— Figurez-vous que notre héros local a tué son frère. Et demain, ce sera dans la presse. Toute la ville sera au courant.

— Vous mentez ! répliqua Megan, horrifiée.

— Vous êtes une petite sotte. Ça s'est passé à San Diego. Ils étaient dans l'eau, et son frère a été emporté par une vague. Adam n'a rien fait. Absolument rien. Il s'est contenté de regarder son frère mourir.

Megan était livide.

— Adam avait un frère ?

— Jusqu'à ce qu'il le tue.

Lawrence rapprocha son visage de celui de Megan.

— Il a aussi abandonné Cole dans le lac. Contrairement à ce qu'il a affirmé, il n'est jamais revenu à la fête avec lui.

Adam vit l'expression de Megan et sut que c'était terminé. Tout ce qu'elle avait pu ressentir pour lui venait d'être balayé. Plus jamais elle ne le laisserait approcher Cole.

Il l'avait perdue. Il avait perdu sa famille.

— Et maintenant, voici ce que nous allons faire.

Se déplaçant sans bruit, Adam s'était glissé derrière Lawrence.

Il pressa le canon de son arme contre son crâne.

— Lâchez-la.

Lawrence obéit.

— Vous voyez, Megan, dit-il d'un air entendu. J'avais raison.

Soudain, il pivota en lançant un coude dans les côtes d'Adam. Ce dernier leva immédiatement son arme vers le plafond pour éviter de blesser Megan accidentellement et encaissa le coup avant de riposter.

Frappé au cou du revers de la main, Lawrence s'effondra en toussant et en s'étouffant.

Tandis que Griff et Hunter faisaient irruption dans la maison, Adam se précipita vers Megan.

Elle se laissa tomber dans le canapé et le fixa avec une expression qu'il avait déjà vue auparavant.

Dans les yeux de sa mère.

— Tu es blessée ? demanda-t-il.

Elle ne dit rien.

— Meg, je t'en prie, parle-moi. Je ne vais pas te faire de mal.

— Cole ! s'exclama-t-elle soudain avant de se ruer vers la chambre de son fils.

Déchirant le silence de la nuit, des sirènes annoncèrent l'arrivée de la police.

Adam se tourna vers Griff.

— Emmène le chien dans la cuisine. Megan voudra sûrement l'examiner.

— Tu ne devrais pas aller voir si elle va bien ?

— Non.

Adam ne voulait pas y penser maintenant, mais il savait que c'était terminé.

Megan connaissait la vérité et n'éprouvait plus à présent que du dégoût pour lui. Il l'avait vu sur son visage.

— Il faut que j'aille faire le point avec le shérif Bolen, déclara-t-il.

Il sortit, laissant sa famille derrière lui.

La nuit avait été longue. Megan accepta avec reconnaissance la tasse de café que lui tendait Nadine.

Elle avait veillé Max jusqu'à 2 heures du matin avant d'être définitivement rassurée sur son sort. Entre le stress et le manque de sommeil, elle se serait bien passée de cette visite au bureau du shérif.

Heureusement, cette fois-ci, elle était là comme témoin et non comme suspecte. Son ancienne camarade de classe avait retrouvé avec elle un ton plus amical.

— Nous avons arrêté Trina la nuit dernière, expliqua Nadine en s'installant derrière son bureau métallique. Elle a tout avoué. C'est elle qui a volé et fait dupliquer la clé de ta maison quand tu lui as prêté ta voiture.

— Elle devait déposer un chien abandonné à la SPA. C'est vrai que son absence m'avait paru un peu longue, mais je n'aurais jamais pu imaginer qu'elle en profiterait pour faire un double de mes clés.

— Tu n'as pas non plus pensé que c'était elle qui avait enlevé Celtic.

— Pourquoi ? Je lui faisais confiance.

— Elle est jeune et influençable. Lawrence l'a manipulée d'autant plus facilement qu'elle est amoureuse de lui. Enfin, elle l'était. Rien de tel qu'une paire de menottes aux poignets pour vous faire redescendre sur terre.

— Quand je pense que j'ai soupçonné Nathan…

— Et lui était persuadée que tu avais fait le coup avec son ex-femme.

— Que va-t-il arriver à Lawrence ?

— Pour le moment, il est à l'hôpital. Après le coup qu'Adam lui a porté à la gorge, il est plutôt mal en point. Il a déjà fait appel à un avocat, mais entre ce que tu as filmé avec ton téléphone et l'enregistrement audio du système de sécurité, je pense qu'il va plaider coupable.

Megan hocha la tête, toujours incrédule.

— J'étais loin de m'imaginer que je l'obsédais bien malgré moi à ce point.

— D'après Trina, il a perdu la tête quand il t'a vue danser avec Adam au gala de ta mère.

Se rappelant leur course à travers le terrain de golf, Megan refusa de se laisser attendrir.

Cette histoire à propos du frère d'Adam était-elle vraie ? Pourquoi ne lui en avait-il jamais parlé ?

Malgré sa promesse de tout lui expliquer, Adam avait à nouveau pris la fuite. Apparemment, il ne parvenait pas à lui faire confiance. C'était à la fois déprimant et blessant.

— Bon, eh bien tout est réglé, annonça Nadine. Tu peux rentrer chez toi.

— Merci.

À l'extérieur, elle inspira à pleins poumons l'air frais, savourant par avance la belle journée qui s'annonçait. Son téléphone sonna au moment où elle ouvrait la portière de sa voiture.

Le cœur battant à tout rompre, elle vérifia l'écran.

Ce n'était pas Adam, mais un numéro inconnu.

— Allô, fit-elle d'un ton prudent.

— Je suis Sienna Walker, l'assistante d'Adam.

— Que puis-je faire pour vous ? demanda Megan tout en se mettant au volant.

— Je n'arrive pas à localiser Adam. Sauriez-vous où il est ?

— Non. Mais il est peut-être allé chez moi pendant que j'étais en ville.

— Je viens d'avoir votre mère au téléphone, elle m'a dit qu'il n'y était pas. Les hommes le cherchent. Nous sommes tous inquiets.

— Il est sûrement chez ses parents alors, ou au country club.

— Non, j'ai vérifié.

— Je suis désolée, je ne peux pas vous aider.

— Est-ce que vous vous souciez vraiment de savoir où il est ?

Megan fut choquée par le ton accusateur de Sienna.

— Évidemment. Mais c'est lui qui a filé sans dire où il allait. C'est une manie chez lui.

— Savez-vous qu'il a prévu de vous verser la moitié de la vente de la maison ?

— Il l'a vendue ?

— Oui. Et il envisage de délocaliser l'agence. Pour vous, Megan. Il ferait n'importe quoi pour vous et pour Cole.

— Alors, pourquoi est-il parti ?

Il y eut un silence à l'autre bout de la ligne.

— Aucun de nous ne savait qu'Adam avait un frère. Mais nous sommes certains qu'il ne l'a pas tué. Il n'a pas non plus essayé de noyer Cole.

— Je n'ai jamais dit ça !

— Est-ce qu'il le sait ? Griff nous a dit que vous le dévisagiez comme s'il était un monstre.

— Mais pas du tout ! J'étais en état de choc. Et tout à coup, j'ai pensé à Cole et j'ai paniqué.

— Vous pensiez qu'Adam lui avait fait du mal ?

— Non. J'avais seulement besoin de serrer mon bébé dans mes bras. Mais, si je comprends bien, il a pensé que j'avais cru à la version de Lawrence ?

Elle démarra la voiture.

— Il faut que je le trouve.

— Il est au cottage.

— Quoi ? Vous saviez où il était depuis le début ?

— Oui. Je voulais seulement vérifier si vous teniez suffisamment à lui pour l'aider. Il ne vous a pas quittée, Megan. Il pensait que vous ne vouliez plus de lui.

— Vous êtes machiavélique.

— Je suis son amie. Je suis prête à devenir la vôtre.

— J'ai l'impression qu'il vaut mieux ne pas être votre ennemie.

— C'est vrai.

— Vous avez menti aussi à propos de son frère ? Vous étiez au courant ?

— Non. Adam n'en a jamais parlé à personne.

— Je file.

— Prenez bien soin de lui.

— Vous pouvez compter sur moi.

Adam se tenait dans la kitchenette et se servait du café. Le carton se trouvait sur la table basse, entre le canapé et la cheminée. Il pouvait allumer un feu et tout brûler. Ou il pouvait entreposer le carton quelque part.

Il s'accordait une dernière journée pour prendre sa décision. Ensuite il se remettrait au travail. On était déjà lundi, et le tournoi de golf des célébrités aurait lieu samedi. Il n'avait plus beaucoup de temps devant lui.

Des coups frappés avec force à la porte le tirèrent de ses pensées.

Il avait coupé son téléphone quelques heures plus tôt, en sachant très bien que Sienna le traquerait jusqu'à ce qu'elle parvienne à le localiser.

Apparemment, c'était fait.

Son assistante était beaucoup trop futée.

Il ignora les coups qui redoublaient d'intensité et marcha pieds nus vers la chambre.

Il n'avait pas envie qu'on le questionne aujourd'hui.

— Adam, je t'en prie, ouvre la porte.

La surprise le figea sur place.

Ce n'étaient pas ses hommes. Ce n'était pas Sienna.

Comment Megan avait-elle fait pour le retrouver ?

— Adam, je ne partirai pas tant que nous n'aurons pas parlé.

S'il s'était agi de quelqu'un d'autre…

Mais c'était Megan.

Cessant de lutter contre l'inévitable, il ouvrit la porte. En la voyant, il eut le souffle coupé. Le soleil l'auréolait, allumant un incendie dans ses cheveux. Son visage était dénué de maquillage, et elle portait un simple t-shirt et un jean. Jamais pourtant elle ne lui avait paru aussi belle.

— Nous devons parler.

Il n'avait pas envie de parler. Il avait envie de la prendre dans ses bras et de l'étendre dans son lit. Il n'y avait qu'au lit qu'elle lui faisait confiance.

Il ouvrit la porte en grand.

— D'accord. Si tu penses qu'il n'y a pas de danger pour toi à être seule avec moi.

D'accord, c'était mesquin.

Elle attrapa le battant et le claqua violemment. Puis elle posa son sac sur le bar qui séparait la cuisine du salon.

— Tu sais quoi, Adam ? J'étais venue ici en étant désolée pour toi.

— Je ne t'ai pas demandé ta pitié.

— Non. Tu as fait ce que tu fais toujours quand les choses deviennent compliquées sur le plan émotionnel. Tu as fui.

Les bras croisés sur son torse, il plissa les paupières.

— Tu avais peur de moi.

— Pas du tout. J'étais sous le choc. J'étais terrifiée par la situation, en colère contre Lawrence. Je ne l'avais jamais vu sous ce jour. Et je me faisais du souci pour Max. Pas un instant je n'ai douté de toi. Jamais.

Soudain, elle le surprit en passant les bras autour de lui et en l'attirant à elle.

Médusé, les bras ballants, il baissa la tête vers Megan. Elle le serrait dans ses bras. Elle le réconfortait.

Il n'était pas seul.

Pour la première fois depuis cet horrible jour, il ne se sentait pas abandonné, prisonnier du silence et des remords.

Refermant à son tour les bras autour d'elle, il prolongea ce moment de tendre complicité, y puisant du courage.

— Je veux te dire la vérité, déclara-t-il finalement.

18

Megan fut touchée par la décision d'Adam. Sienna lui avait dit qu'il n'avait jamais parlé à personne de son frère, et elle avait conscience du courage qu'il lui fallait pour ouvrir son cœur.

— Tu sais, dit-elle, tandis qu'il lui prenait la main et l'entraînait vers le canapé, je savais que tu viendrais la nuit dernière.

— Comment ça ?

— Je me suis souvenue que le système de sécurité enverrait une alerte sur ton téléphone.

— Tu m'as fait confiance. Maintenant c'est à mon tour.

Il se laissa tomber sur les coussins et l'attira à côté d'elle.

— Tu vois ce carton sur la table basse ? Ça fait un moment que je le transporte dans le coffre de ma voiture, sans savoir ce que je devais en faire.

— Et maintenant, tu sais ?

— Je dois le garder. C'est tout ce qui me reste.

Soulevant le couvercle, il sortit un album photo et en tourna rapidement les pages.

— Sur cette photo, j'ai quatre ans. Et Brady en a deux.

Megan eut un sursaut d'étonnement quand elle se pencha pour détailler le cliché.

— On dirait Cole. Sauf les yeux. Tu as dû avoir un choc quand tu as vu notre fils pour la première fois.

Adam referma l'album et plongea la main dans le carton, d'où il exhuma un autre cliché.

— C'est la dernière photo de Brady, à treize ans. Son ambition était de devenir Marine, comme notre père.

— Toi aussi ?

Il secoua vigoureusement la tête.

— Non, je faisais des compétitions de natation et je raflais toutes les médailles. Je pratiquais également le surf et je rêvais d'en faire mon métier. En fait, Brady et moi étions nés dans le mauvais ordre. Il était sérieux et avait le sens du devoir, tandis que je ne pensais qu'à m'amuser.

— Je ne savais pas que tu aimais tant nager.

— Ça m'a passé l'été où Brady est mort.

Il se passa une main sur le visage.

— En fait, je crois que le garçon que j'étais alors est mort aussi ce jour-là.

Megan savait que ce serait difficile et elle était au bord des larmes.

— Tu n'es pas obligé d'en dire plus, dit-elle d'une voix douce en posant la main sur son bras.

— Nous sommes allés à la plage, poursuivit Adam. Brady était loin de nager aussi bien que moi et je l'ai poussé à dépasser ses limites. Il a été emporté par une vague.

Rejetant la tête contre le dossier du canapé, Adam fixa le plafond, son expression dévastée révélant le chagrin qu'il avait contenu pendant des années.

— Certaines personnes, des amis de Brady, ont fait courir la rumeur que je l'avais piégé et que je l'avais laissé mourir.

— C'était cruel.

— J'étais beaucoup trop sûr de moi. Même quand Brady a disparu de mon champ de vision, j'étais persuadé de pouvoir le trouver. J'étais fort et rapide, le meilleur nageur de l'école. Mais les vagues étaient plus fortes que je ne le pensais.

Megan posa la main en coupe sur sa joue.

— Tu n'étais qu'un gamin. Quel âge avais-tu ?

— J'ai eu quinze ans cet été-là. Rapidement des sauveteurs sont arrivés, des Jet Skis, les gens criaient et cherchaient. Oh, Seigneur…

Il se leva et se dirigea vers la cuisine. Megan le vit de dos, courbé, ses deux mains de chaque côté de l'évier. Elle était désarmée mais n'avait pas l'intention de l'abandonner. Elle le suivit, lui effleura le dos de ses doigts légers.

— Tu n'es pas obligé de terminer…

— Finalement, c'est un des sauveteurs qui l'a sorti de l'eau. J'étais épuisé à force de plonger et d'être balloté par les vagues. Je me souviens d'avoir regagné la plage en titubant avant de m'effondrer sur le sable. Je sens encore sa chaleur sur mes mains et mes genoux tandis que je rampais vers l'endroit où ils essayaient de ranimer mon frère. Soudain, ma mère a tourné la tête. Elle m'a vu et elle s'est mise à hurler que c'était ma faute.

— C'était un accident.

— Il y a eu une enquête. On m'a placé quelques jours dans un centre de détention pour mineurs parce que mes parents ne voulaient plus de moi. Ensuite, après que le légiste a établi que c'était bien un accident et que la police m'a relâché, mes parents ont bien été obligés de me reprendre.

Adam avait l'impression que les mots jaillissaient tout seuls de ses lèvres. Après toutes ces années à garder le silence, il ne pouvait plus s'arrêter de parler.

— Nous avons quitté San Diego. J'ai cru qu'ils voulaient me protéger, mais non. Ils voulaient simplement fuir le qu'en-dira-t-on après m'avoir rejeté. Je ne voulais plus jamais approcher l'océan, sentir l'air iodé… mais ils ont choisi Raven's Cove. Cette ville a été ma punition. Il était interdit de parler de Brady ou de ce qui s'était passé. Les photos étaient cachées.

— Comment tes parents ont-ils pu te faire ça ?

— Je crois qu'ils étaient sincèrement persuadés que je n'avais rien fait pour sauver Brady. Pourtant, j'ai fait tout mon possible. J'ai passé une nuit à l'hôpital, épuisé et déshydraté.

Il soupira.

— Des années plus tard, quand enfin j'ai pu m'en échapper, j'ai cru que j'allais pouvoir tourner la page, mais les cauchemars m'ont poursuivi partout où j'allais.

— Écoute, je suis vétérinaire, pas psy, mais leur comportement n'avait rien de normal. On ne traite pas un enfant comme ça. C'est de la cruauté.

— Il est mort et j'ai survécu.

— Oh, mon amour…

Elle prit son visage à deux mains, espérant qu'il l'écouterait.

— Tu dois te pardonner à toi-même. Il est temps de laisser Brady s'en aller. Tu as honoré sa mémoire. Tu as servi ton pays pour lui. Tu as sauvé des vies. Tu as dit toi-même que ce n'était pas tes choix de départ. Mais, grâce à Brady, tu es devenu un homme meilleur. Un héros.

— Tu le crois vraiment ?

Le cœur de Megan se dilatait d'un amour immense, comme elle n'en avait ressenti que pour son fils. Désormais, elle avait pour Adam ce même amour fait de compréhension, de tendresse, d'abnégation et de sens du pardon. De plus, elle était si fière de lui…

— C'est pour lui que tu t'es fait tatouer, n'est-ce pas ? C'était un hommage à ton frère, le symbole de son rêve qui s'accomplissait à travers toi.

— Oui. Je voulais qu'une part de lui m'accompagne sur le champ de bataille.

— Brady sera toujours avec toi, dit-elle, la gorge serrée par l'émotion. Et je crois que nous le retrouverons un peu en Cole. Mais tu ne dois pas oublier que c'est toi et toi seul qui as sauvé des vies. Alors que tes parents ont tout fait pour te détruire, tu t'es battu pour survivre et tu as aidé des quantités de gens.

— Megan, dit-il d'une voix étranglée.

Puis il enfouit le visage dans son cou et pleura les larmes qu'il retenait depuis si longtemps. Personne n'avait consolé le jeune garçon de quinze ans qui avait perdu son frère. Ce poids était resté sur son cœur.

— Je suis là, Adam, murmura-t-elle. Je suis là.

— Adam ?

Il releva la tête et vit les traces de larmes sur le visage de Megan. Il savait que son propre visage était ravagé par toute la peine qu'il venait d'évacuer, mais il n'avait rien à lui cacher.

Plus maintenant.

— Il n'y a toujours eu que toi. Rien que toi, dit-elle. Je voulais que tu le saches. Je t'aime, Adam.

— Par deux fois, j'ai cru que m'éloigner de toi était la seule solution, répondit-il.

D'un geste tendre, il repoussa de ses yeux une mèche de cheveux aux reflets de cuivre et d'or.

— Aujourd'hui, je sais que je te veux dans ma vie pour toujours. Et, quoi qu'il arrive, je reviendrai toujours vers toi, Megan. Toujours.

Elle lui tendit les lèvres, et ils s'embrassèrent longuement.

— Je t'aime, murmura Adam, quand leurs lèvres se séparèrent. Je t'aime tellement.

19

Deux mois plus tard

Megan était légèrement en retard à son rendez-vous avec Bridget. Tenant fermement la main de Cole, elle entra dans le *Café du bout du monde*.

L'endroit était bondé, bruissant du brouhaha des conversations et des rires ainsi que du cliquetis des couverts.

— Te voilà, s'écria la propriétaire des lieux en soulevant Cole dans ses bras pour l'embrasser sur ses petites joues bien rondes. J'ai une surprise pour toi, mon grand.

— Et moi, on ne me dit pas bonjour ? fit mine de s'offusquer Megan en serrant dans une même accolade son amie Bridget et son fils. Tu le gâtes trop.

— Quand j'aurai un enfant, je t'autoriserai à le gâter autant que tu voudras. Mais la surprise est aussi un peu pour toi. Je crois qu'elle va te plaire.

Megan plissa les yeux d'un air faussement suspicieux.

— Qu'est-ce que tu mijotes ?

— Suis-moi et tu le sauras. J'ai réservé une table pour nous sur la terrasse. Comme ça, Cole pourra regarder les bateaux.

Habituée aux manières directives de Bridget, Megan se réjouit d'avoir pensé à prendre un sweat-shirt pour Cole.

Tandis qu'elle louvoyait entre les tables, elle se rappela une anecdote qu'elle voulut répéter à son amie.

— Devine qui j'ai vu aujourd'hui.

Bridget ouvrit les portes de la terrasse et leva un sourcil interrogateur.

— Qui ?

— Kevin Majors. Il voulait des conseils pour offrir un chien à...

Le reste de la phrase mourut sur ses lèvres alors qu'elle s'avançait sur le vaste ponton en bois surplombant la baie.

La vue y était magnifique, mais ce ne fut pas cela qui retint son attention.

Une seule et unique table avait été dressée, réunissant un groupe de personnes qu'elle connaissait bien. Adam présidait l'assemblée.

Le cœur éperdu d'amour, elle le regarda se lever et venir à sa rencontre, tout de noir vêtu, suivi par Ellie.

— Je suis rentré, ma chérie.

Megan n'y comprenait plus rien. Il partageait son temps entre Los Angeles et Raven's Cove.

— Je croyais que tu ne devais pas revenir avant…

Ses paroles furent étouffées par le baiser d'Adam.

— Tu m'as manqué, dit-il en la tenant à bout de bras pour mieux la contempler.

— Ça ne fait que quatre jours.

Adam se tourna vers Cole que Bridget tenait toujours dans ses bras.

— Salut, champion !

— Papa ! cria Cole en tendant ses petits bras.

Adam prit son fils contre lui et lui fit son câlin de papa ours qui faisait tant rire le petit garçon, puis il le déposa dans une chaise haute à côté de la mère de Megan. Celle-ci était bien sûr accompagnée d'Hayden. Suivaient Jillian, la réceptionniste du cabinet vétérinaire, et son mari. Puis Hunter, Griff et Logan.

Il y avait aussi une femme que Megan ne reconnut pas tout de suite.

— Sienna ? demanda-t-elle d'un ton hésitant (elle l'avait vue plusieurs fois sur Skype, mais jamais en personne).

— Bonjour, Megan.

Adam la prit par la main et l'installa à côté de lui.

— Que se passe-t-il ?

Ce n'était pas son anniversaire, ni celui de Cole ou d'Adam.

Adam prit une bouteille de champagne dans le seau à glace et remplit la flûte de Megan.

— Nous fêtons quelque chose. Je viens de signer un bail pour un immeuble de bureaux. L'agence sera transférée cette semaine.

— C'est une excellente nouvelle, approuva Megan, ravie d'apprendre qu'ils allaient enfin pouvoir passer plus de temps ensemble.

— Et ce n'est pas tout, ajouta Adam.

Se tournant vers Megan, il lui prit les mains.

— Je n'ai pas été là quand tu avais besoin de moi. Tu as élevé notre fils toute seule et tu as accompli un travail remarquable.

Le cœur battant à tout rompre, Megan se demanda où il voulait en venir.

— Si j'ai invité ta famille et mes amis, c'est parce que je voulais qu'ils entendent ceci : je t'aime, Megan, et je suis fier de toi.

— Oh, Adam… balbutia-t-elle, la voix étranglée par l'émotion.

— Tu as su briser ma carapace, me sortir de mon silence et me libérer. Aujourd'hui, grâce à toi, je suis capable de parler de Brady. Je peux me souvenir de lui sans être envahi par la culpabilité. Ton amour m'a donné la force de guérir.

Libérant une de ses mains, il la plongea dans la poche de son pantalon et en sortit un petit écrin de velours noir, dont il souleva le couvercle.

Il fallut une seconde à Megan pour arracher son regard du visage de l'homme qu'elle aimait et le poser sur la bague.

— Megan, veux-tu m'épouser ?

Oubliant la bague, oubliant tous ceux qui étaient là, elle se jeta dans ses bras, submergée par l'amour incroyablement tendre et pourtant follement passionné qu'elle éprouvait pour lui.

Elle savait combien cette déclaration publique lui avait coûté, l'effort immense qu'il venait d'accomplir en ouvrant son cœur.

Le visage enfoui dans son cou, respirant son odeur, se réchauffant à sa chaleur, elle perdit la notion du temps… jusqu'à ce qu'Adam se mette à toussoter, embarrassé.

— Euh… ce serait bien si tu me répondais, maintenant.

— Tu peux répéter la question ? dit-elle sous les rires de toute la tablée.

Adam sortit le solitaire monté sur platine de l'écrin et souleva la main gauche de Megan.

— Veux-tu être ma femme, Meg ?

— Oui, murmura-t-elle, la voix noyée de larmes.

Adam glissa alors la bague à son doigt, faisant officiellement d'eux une famille.

À leurs pieds, Ellie soupira d'aise.

AVENTURES & PASSIONS

1er juillet

Sabrina Jeffries

Les hussards de Halstead Hall - 5 - Lady Célia

Inédit

Lady Célia doit se marier avant la fin de l'année, sinon toute la fratrie sera déshéritée par leur grand-mère. Par chance, trois prétendants se manifestent, et elle demande au détective Jackson Pinter, qui enquête sur le décès de leurs parents, de s'assurer de l'honnêteté des trois hommes. Or Jackson est bien décidé à s'opposer à ses projets, car le seul homme qu'il veut qu'elle épouse, c'est lui.

✦

Eloisa James

Les duchesses - 2 - Le couple idéal

Inédit

C'est lors d'une fête de Noël que lady Perdita Selby a rencontré le duc de Fletcher. Leur mariage fut inoubliable. Quatre ans plus tard, leur couple suscite toujours l'envie, mais derrière les portes closes l'éclat de leur amour s'est éteint. Peu désireux de perdre la femme qu'il désire toujours, le duc est déterminé à regagner son amour.

✦

Julie Garwood

Secret - 1 - Le secret de Judith

Au XIIIe siècle, la guerre fait rage entre l'Angleterre et l'Écosse. Mais Judith l'intrépide tiendra sa promesse et ira assister sa meilleure amie pour son accouchement. Elle part donc dans les Highlands escortée par des soldats écossais qui la considèrent comme une ennemie. Ian, leur chef, admire le courage de la jeune fille et se laisse séduire par son charme. C'est décidé, il la gardera, qu'elle le veuille ou non.

✦

Leda Swann

Les sœurs Clemens - 2 - Un modèle de charme

Inédit

Après le décès de son père, Emily est devenue enseignante. Un après-midi, elle rencontre un photographe qui lui propose de devenir son modèle. Pourquoi ne pas accepter? Bien sûr, il est hors de question qu'elle donne sa vertu au premier venu, surtout pas à cet artiste sans le sou. Expérimenter son pouvoir de séduction, en revanche, peut être amusant.

8 juillet

Joanna Bourne

Le maître du secret

Inédit

Marguerite de Fleurignac est en fuite, déguisée en gouvernante. Sans le sou, seule, traquée par des fanatiques, elle tombe sous la coupe d'un fascinant étranger. Impossible que ce géant soit le marchand de livres qu'il prétend être. Pour quelle raison risque-t-il sa vie pour la sauver ? Ses secrets seraient-ils aussi lourds à porter que les siens?

✦

Katharine Ashe

Trois sœurs et un prince - 2 - J'ai adoré un lord

Inédit

Ravenna est la plus jeune des trois sœurs Caulfield. Invitée à une fête donnée en l'honneur du prince portugais Sebastao, elle y rencontre lord Courtenay. Lorsqu'un meurtre est commis, ils ne songeront qu'à s'unir pour trouver le coupable.

✦

Mary Reed McCall

Les chevaliers de l'ordre du Temple - Tentations

Richard de Cantor; chevalier de l'ordre du Temple, échappe aux soldats de Philippe le Bel et rentre à Hawksley. Il y retrouve son épouse Aliénor, devenue folle, et Meg Newcomb, qui le rend responsable de la démence de sa cousine. Peut-être n'a-t-elle pas tort ? Richard s'en est toujours voulu du drame qui s'est déroulé cinq ans plus tôt. C'est pour expier qu'il est parti, mais sa vraie pénitence est la passion interdite qu'il nourrit pour Meg.

Passion intense

1er juillet

J. L. Mac

Jusqu'à toi - 2 - Délivrée

Inédit

Depuis le décès de ses parents, Jo a vécu une enfance des plus chaotiques. Sa seule volonté a toujours été de mener une vie libre, sans aucune contrainte. Mais les choses ont changé le jour où elle a rencontré Damon, ce garçon qui l'a bouleversée, lui a appris ce qu'étaient le désir et l'amour. Partagée entre un passé rassurant qui la tiraille et un avenir prometteur qui l'effraie, Jo est dévastée. Sa passion pour Damon lui permettra-t-elle de délaisser ses démons ?

PROMESSES

1er juillet

Lisa Kleypas

La saga des Travis - 2 - Bad Boy

Une rencontre brève et intense avec un inconnu au regard inoubliable qui se révèle être Hardy Cates, l'ennemi de sa famille. Un mariage contracté contre la volonté paternelle qui vire au cauchemar. Un parcours semé d'embûches pour se reconstruire... Bien qu'héritière d'un richissime magnat du pétrole, Haven Travis collectionne les difficultés. Heureusement, l'existence offre parfois une seconde chance. Mais, en misant sur Hardy Cates, le Bad Boy ambitieux, Haven ne joue-t-elle pas un jeu dangereux ?
Car, sous ses dehors policés acquis au contact des puissants, cet homme est pareil à un fauve blessé, sauvage et dangereux. À moins qu'il ne se laisse apprivoiser ?

8 juillet

Kim Law

Surprises à Sugar Springs

Inédit

Lee Ann avait de beaux projets : de belles études, trouver l'amour, fonder une famille... Mais sa sœur meurt d'un cancer foudroyant, lui laissant la charge de ses deux petites jumelles dont le père a disparu. À Sugar Springs, cette petite ville du Tennesse où tout le monde se connaît, Lee Ann fait face et élève ses filles. Et cette vie qu'elle n'avait pas imaginée lui convient parfaitement. Jusqu'au jour où, treize années plus tard, Cody, qu'elle aimait mais qui l'a trahie, revient à Sugar Springs. Cody, le bad boy, qui n'est autre que le père des jumelles...

Et toujours la reine du roman sentimental :

Barbara Cartland

« Les romans de Barbara Cartland nous transportent dans un monde passé, mais si proche de nous en ce qui concerne les sentiments. L'amour y est un protagoniste à part entière : un amour parfois contrarié, qui souvent arrive de façon imprévue.
Grâce à son style, Barbara Cartland nous apprend que les rêves peuvent toujours se réaliser et qu'il ne faut jamais désespérer. »

Angela Fracchiolla, lectrice, Italie

Le 1er juillet
Les méandres de l'amour

11135

Composition
FACOMPO

Achevé d'imprimer en Italie
par GRAFICA VENETA
Le 18 mai 2015.

Dépôt légal : mai 2015.
EAN 9782290093931
OTP L21EPSN001302N001

ÉDITIONS J'AI LU
87, quai Panhard-et-Levassor, 75013 Paris

Diffusion France et étranger : Flammarion